Les eaux printanières

ŒUVRES PRINCIPALES

Premier amour *(Librio, n° 17)*

Scènes de la vie rustique
Femmes russes
L'auberge du grand chemin
L'Antchar
Le médecin du district
Le célibataire
L'exécution de Tropmann
L'imprudence
Un mois à la campagne
Terres vierges
L'abandonnée
Dimitri Roudine
Fumée
Le journal d'un homme de trop
Récits d'un chasseur
Le pique-assiette
Pères et fils

Ivan Tourgueniev

Les eaux printanières

Nouvelle traduction du russe
par Jacques Imbert

Librio

Texte intégral

Les joyeuses années,
Ces jours de bonheur,
Telles les eaux vives
Sont passées en trombe.

(vieille romance)

... Il rentra dans son cabinet de travail après une heure du matin. Il renvoya le serviteur, qui avait allumé les bougies, puis il se jeta dans un fauteuil près de la cheminée et se prit la tête entre les mains.

Jamais encore il n'avait ressenti pareille fatigue physique et morale. Il avait passé toute la soirée avec des dames charmantes, des hommes cultivés ; certaines de ces dames étaient belles, presque tous les hommes montraient de l'esprit et des talents ; lui aussi avait été un causeur brillant... et pourtant jamais encore ce « dégoût de la vie », ce *tædium vitæ*, dont les Romains parlaient déjà, ne s'était emparé de lui et ne l'avait étouffé avec une telle violence. Un peu plus jeune, il aurait pleuré d'abattement, d'ennui, de contrariété, mais là, une amertume aussi mordante que celle de l'absinthe envahissait son âme. Telle une nuit noire d'automne, une masse tenace et infecte, épaisse et répugnante, l'engluait de tous côtés, et il ne savait comment fuir ces ténèbres, cette amertume. Attendre le sommeil était vain ; il ne s'endormirait pas.

Il se mit à réfléchir... avec indolence, lenteur et hargne.

Il réfléchissait à l'inanité, l'inutilité, la basse imposture de tout ce qui est humain. Tous les âges de sa vie défilaient devant ses yeux (il venait d'entrer dans sa cinquante-deuxième année) et aucun ne trouvait grâce en lui. Partout et toujours les mêmes paroles en l'air, les mêmes coups d'épée dans l'eau, le même leurre – moitié inconscience moitié préméditation – sur sa propre personne – toutes les gâteries sont bonnes pourvu que le marmot ne pleure pas ! –, et tout à coup, sans crier gare, la vieillesse vous tombe dessus, et avec elle cette peur continuelle et croissante de la mort, qui vous mine et ronge... et patatras ! à la fosse ! Un moindre mal d'ailleurs si la vie s'achève comme ça ! Autrement, avant d'en terminer il y aura peut-être, comme la rouille sur le fer, des infirmités, des souffrances... Il ne percevait pas l'océan de la vie comme le flux déchaîné que les poètes décrivent ; non, il était impassible et plat, étale et transparent jusque dans les noirs abîmes ; lui-même est assis dans un frêle esquif, et là, sur ce fond obscur et fangeux, il entrevoit, semblables à d'énormes poissons, des monstres hideux : tous les maux de la vie, maladies, détresses, folie, pauvreté, cécité... Il regarde : là, un des monstres surgit de l'obscurité, monte de plus en plus haut, se fait de plus en plus distinct, horriblement distinct... Une minute encore, et la barque soulevée par le monstre chavire ! Mais le voici qui de nouveau s'estompe, s'éloigne, descend au fond... s'y immobilise, balançant à peine au gré du flot... Mais au jour fatidique, le monstre retournera la barque.

Il secoua la tête, bondit du fauteuil, traversa deux ou trois fois la pièce, s'assit au bureau et ouvrant l'un après l'autre les tiroirs, il fouilla dans ses papiers, dans les vieilles lettres, la plupart féminines. Il ignorait lui-même pourquoi il faisait cela ; il ne recherchait rien, simplement il voulait par quelque occupation futile déloger les pensées qui l'accablaient. Il avait déplié quelques lettres au petit bonheur (il trouva dans l'une d'elles une fleur séchée, nouée par un ruban dont la couleur avait passé), et il haussa simplement les épaules, regarda la cheminée et fit un tas des lettres, prêt sans doute à jeter au feu toute cette paperasse. Il passait hâtivement les mains dans un tiroir, puis dans un autre quand soudain il écarquilla les yeux et sortit lentement un coffret octogonal de facture ancienne, dont il souleva doucement le couvercle. Dans ce coffret, sous une double couche de coton jauni, se trouvait une petite croix de grenats.

Embarrassé, il considéra un instant le bijou, et poussa tout à coup un faible cri... On ne saurait dire si son visage exprimait le regret ou la joie. C'étaient les traits d'un homme qui rencontre soudain un être perdu de vue depuis longtemps, jadis chéri, et qui maintenant surgit devant lui, la même personne, mais toute changée par le poids des ans.

Il se leva, retourna vers la cheminée, se rassit dans le fauteuil et de nouveau se prit la tête dans les mains... « Pourquoi aujourd'hui ? Justement aujourd'hui ? » se disait-il, et toute une histoire du temps passé lui revint en mémoire.

La voici...

Mais d'abord, son prénom est Dmitri, son patronyme Pavlovitch et son nom de famille Sanine... Dmitri Pavlovitch Sanine.

I

C'était pendant l'été 1840. Sanine avait ses vingt ans et il se trouvait à Francfort, sur le chemin du retour d'Italie en Russie. C'était un homme sans grande fortune, mais indépendant, presque sans famille. À la mort d'un lointain parent il avait reçu quelques milliers de roubles et décida de les manger à l'étranger, avant de prendre du service, de se mettre définitivement sous le joug de l'État, sans lequel il n'imaginait pas pouvoir assurer son existence. Sanine réalisa parfaitement son plan et s'arrangea pour disposer, à son arrivée à Francfort, de la somme d'argent tout juste nécessaire à son retour à Saint-Pétersbourg. En 1840 les chemins de fer étaient encore fort rares ; ces messieurs les touristes voyageaient en diligence. Sanine acheta une place dans un *Beiwagen*[1]. Cependant, la diligence ne partant qu'à onze heures du soir, il lui restait pas mal de temps. Par bonheur, la journée était splendide et Sanine, qui avait déjeuné au *Cygne-Blanc*, hôtel renommé à l'époque, en profita pour flâner en ville. Il alla voir l'Ariane de Dannecker[2], qu'il ne trouva pas de son goût, visita la maison de Goethe, dont d'ailleurs il n'avait lu que *Werther*, et encore dans une traduction française ; il se promena le long du Main, s'ennuya un peu, comme tout bon voyageur ; à cinq heures du soir passées, fatigué, les pieds couverts de poussière, il finit par se retrouver dans une des rues les plus ordinaires de Francfort. Cette rue, il n'allait pas l'oublier de sitôt. Au rez-de-chaussée d'une de ses rares maisons, il avait aperçu une enseigne qui indiquait : « Confiserie italienne Giovanni Roselli ». Il y entra pour prendre un verre de limonade ; mais dans la première pièce, où derrière un comptoir tout simple, sur les rayons d'une étagère peinte, qui rappelait celles des pharmacies, se trouvaient quelques flacons aux étiquettes dorées et autant de bocaux de biscuits, de galettes au chocolat et de bonbons acidulés, il n'y avait pas âme qui vive ; seul un matou gris, sur une

1. Voiture supplémentaire accrochée à la diligence.
2. Sculpteur allemand (1758-1841).

chaise cannée près de la fenêtre, plissait les yeux et ronronnait, tout en jouant des pattes ; flamboyant au rayon oblique du soleil vespéral, une grosse pelote de laine rouge gisait au sol à côté d'une corbeille en bois sculpté, renversée. Des bruits confus provenaient de la pièce voisine. Sanine s'arrêta, agita longuement la sonnette de la porte et demanda d'une voix forte : « Il y a quelqu'un ? » À cet instant la porte de la pièce contiguë s'ouvrit, et Sanine n'en revint pas !

II

Boucles brunes tombant sur des épaules découvertes, bras nus tendus en avant, une jeune fille de dix-neuf ans environ fit irruption dans la confiserie, et dès qu'elle eut vu Sanine, elle se précipita sur lui, et l'entraîna par la main en répétant d'une voix haletante : « Vite, vite, par ici, sauvez-le ! » Ce n'était pas pour refuser d'obéir à l'injonction qu'il ne s'élança pas immédiatement à la suite de la jeune fille, mais la surprise l'avait cloué sur place : de sa vie il n'avait vu semblable beauté. Elle se tourna vers lui et dit avec tant de désespoir dans la voix, dans le regard, dans la crispation de sa main contre sa joue blême : « Mais venez donc, venez ! », qu'il franchit en trombe le pas de la porte grande ouverte.

Dans la pièce où il était accouru avec la jeune fille, sur un divan vieillot en crin de cheval, était étendu, tout blanc, d'un blanc veiné de jaune comme la cire ou le marbre ancien, un garçon d'environ quatorze ans, qui offrait une ressemblance frappante avec la jeune fille, sa sœur sans doute. Il avait les yeux clos, l'ombre de son épaisse chevelure noire formait une tache sur un front pétrifié, sur les fins sourcils figés ; ses lèvres bleuies laissaient voir des dents serrées. Il semblait ne plus respirer ; il touchait le sol d'un bras, l'autre était derrière sa tête. Il était habillé et boutonné : son cou s'engonçait dans une étroite cravate.

La jeune fille se jeta vers lui en hurlant.

« Il est mort, il est mort ! Il y a une seconde, il était assis là, il me parlait ; tout à coup il est tombé, inanimé... Mon Dieu ! On ne peut donc rien faire ? Et maman qui n'est pas là ! Pantaleone, Pantaleone, que fait le docteur ? »

« Tu es allé chercher le docteur ? ajouta-t-elle en italien.

— Signora, je n'y suis pas allé, j'ai envoyé Louisa », dit une voix éraillée derrière la porte, et un petit vieux entra dans la pièce, clopinant de ses jambes cagneuses, en habit lilas à boutons noirs, grosse cravate blanche, pantalon court de nankin et bas de laine bleue. Son visage tout menu disparaissait complètement sous une abondante crinière poivre et sel. Ses cheveux, d'abord raides et hérissés de toutes parts, retombaient ensuite en mèches ébouriffées et donnaient au vieillard l'apparence d'une poule huppée, analogie d'autant plus saisissante que cette énorme tignasse grisonnante ne laissait voir qu'un nez pointu et des yeux jaunes, ronds.

« Louisa court plus vite ; moi je ne peux pas courir, poursuivit le vieux en italien, tout en levant l'un après l'autre ses pieds plats de podagre, chaussés d'escarpins enrubannés. Tenez, j'ai apporté de l'eau. »

De ses doigts secs et noueux il serrait le long goulot d'une bouteille.

« Mais Émile va mourir ! s'écria la jeune fille en tendant le bras vers Sanine. Oh monsieur, *mein Herr* ! Faites quelque chose, je vous en prie !

— Il faut le saigner, c'est une attaque », fit remarquer le vieux qui portait le nom de Pantaleone.

Bien que Sanine n'eût pas la moindre notion de médecine, il était sûr d'une chose : les garçons de quatorze ans n'ont pas d'attaques.

« C'est un évanouissement, pas une attaque, dit-il à Pantaleone. Avez-vous des brosses ? »

Le vieux leva la tête.

« Quoi ?

— Des brosses, des brosses », répéta Sanine en allemand et en français » en faisant le geste de brosser son habit.

Le vieux le comprit enfin.

« Ah, des brosses ! *Spazzette !* Oui, bien sûr !

— Apportez-les-moi ; nous allons lui ôter sa redingote et le frictionner.

— C'est bien... *Benone !* Et si on lui versait de l'eau sur la tête ?

— Non... après ; allez maintenant, vite des brosses. »

Pantaleone posa la bouteille par terre, sortit et revint aussitôt avec deux brosses, l'une à cheveux, l'autre à habits. Il était accompagné d'un caniche frisé qui frétillait furieusement de la queue et considérait avec curiosité le vieillard, la jeune fille et même Sanine, comme s'il voulait savoir ce que signifiait tout ce tintouin.

Sanine débarrassa promptement le garçon de sa redingote, dégrafa le col de sa chemise, en retroussa les manches et, armé d'une brosse, se mit à lui frotter de toutes ses forces la poitrine et les bras. Pantaleone mettait le même zèle à lui frotter les bottes et le pantalon avec l'autre brosse, celle pour les cheveux. La jeune fille tomba à genoux près du divan et, la tête entre les mains, sans le moindre battement des paupières, avait les yeux rivés sur le visage de son frère.

Quant à Sanine, il le frictionnait et, du coin de l'œil, il la regardait aussi. Seigneur, qu'elle était belle !

III

Elle avait le nez un peu grand, mais d'un beau type aquilin, un duvet ombrait à peine la lèvre supérieure, mais le teint mat et régulier de son visage n'avait rien à envier à l'ivoire ni à l'ambre laiteux ; les ondulations de sa chevelure, comme chez la Judith d'Allori au palais Pitti, et surtout des yeux d'un gris profond, aux prunelles cerclées de noir, des yeux superbes de reine, même en ces instants où l'effroi et le chagrin en avaient terni l'éclat... Sans le vouloir Sanine repensa au pays enchanteur d'où il revenait... Même en Italie il n'avait rien vu de tel ! La jeune fille avait une respiration rare et saccadée ; elle semblait chaque fois attendre que son frère reprît son souffle.

Tout en continuant de le frictionner, Sanine ne regardait pas que la jeune fille. Pantaleone, cet original, attirait aussi son attention. Le vieillard exténué haletait ; à chaque coup de brosse il tressaillait et glapissait, ses énormes boucles de cheveux, trempées de sueur, oscillaient lourdement d'un côté ou d'un autre comme les racines gorgées d'eau d'une grosse plante.

Sanine avait envie de lui dire : « Tirez-lui au moins ses bottes. »

Le caniche, sans doute excité par ces événements extraordinaires, se coucha par terre, la tête entre les pattes, et aboya.

« *Tartaglia canaglia !* » fulmina le vieux...

Mais à cet instant le visage de la jeune fille se transforma. Ses sourcils se dressèrent, ses yeux s'agrandirent encore et rayonnèrent de bonheur...

Sanine se retourna... La figure du jeune homme reprenait des couleurs ; les paupières bougeaient... les narines frémissaient. Il aspira de l'air entre ses mâchoires encore serrées, soupira...

« Émile !.. cria la jeune fille. *Emilio mio !* »

De grands yeux noirs s'ouvrirent lentement. Le regard était encore trouble, mais souriait déjà faiblement ; ce sourire fragile gagna les lèvres blêmes. Puis le garçon balança le bras qui pendait et le reposa sur sa poitrine.

« *Emilio !* » répéta la jeune fille qui se redressa. L'expression de son visage était si forte, si vive qu'on s'attendait à la voir aussi bien tomber en larmes que rire aux éclats.

« Émile, qu'y a-t-il ? Émile ! » dit une voix derrière la porte, et à grandes enjambées une dame entra, habillée avec soin, les cheveux argentés et le visage hâlé. Un homme âgé la suivait ; derrière ses épaules on apercevait la tête d'une domestique.

La jeune fille courut à leur rencontre.

« Il est sauvé, maman, il est vivant ! » s'écria-t-elle, tout en étreignant nerveusement la dame dans ses bras.

« Que se passe-t-il ? répéta celle-ci. Je reviens... et tout à coup je rencontre monsieur le docteur et Louisa... »

La jeune fille les mit au courant, et le docteur s'approcha du malade qui peu à peu reprenait conscience, sans cesser de sourire ; il paraissait honteux et confus d'avoir provoqué ces alarmes.

« Je vois, vous l'avez frictionné avec des brosses, dit le docteur, s'adressant à Sanine et à Pantaleone, et vous avez bien fait... Excellente idée... Voyons maintenant comment... (Il tâta le pouls du jeune homme.) Hum ! Tirez la langue ! »

La dame se pencha sur lui avec sollicitude. Il sourit plus franchement encore, leva les yeux vers elle, et rougit...

Sanine se sentit de trop et passa dans le magasin.

Mais il n'avait pas encore saisi la poignée de la porte donnant dans la rue que la jeune fille le rejoignit et l'arrêta.

« Vous partez, commença-t-elle en le regardant dans les yeux avec douceur. Je ne vous retiens pas, mais vous devez sans faute venir chez nous ce soir ; nous vous sommes tant obligés, vous avez à coup sûr sauvé mon frère ; nous tenons à vous remercier, maman le veut. Vous devez nous dire qui vous êtes, vous devez partager notre joie à tous...

— Mais je pars aujourd'hui pour Berlin, bégaya-t-il.

— Vous aurez le temps, répliqua-t-elle vivement. Revenez dans une heure pour une tasse de chocolat. Promis ? Je dois retourner auprès de lui ! Vous viendrez ? »

Que lui restait-il à faire ?

« Je viendrai », répondit-il.

La belle lui serra la main rapidement et s'éclipsa, et il se retrouva dans la rue.

IV

Quand, une heure et demie plus tard, Sanine revint à la Confiserie Roselli, il fut accueilli comme un intime. Emilio était encore assis sur le divan où il avait été frictionné ; le docteur lui avait prescrit un remède et recommandé « une grande prudence devant les émotions fortes » en tant que sujet nerveux de tempérament et prédisposé aux maladies cardiaques. Il est vrai qu'il avait subi dans le passé des pertes de connaissance, mais jamais aussi persistantes et profondes. En tout cas, le docteur avait déclaré que tout danger était écarté. Émile, le convalescent, était vêtu, comme il convient en la circonstance, d'une large robe de chambre ; sa mère lui avait noué autour du cou un foulard de laine bleue ; cependant il avait une mine joyeuse, presque de fête, comme d'ailleurs tout autour de lui. En face du divan, sur une table ronde couverte d'une nappe immaculée, trônait une énorme cafetière de porcelaine, pleine de chocolat parfumé, entourée de tasses, de carafes de sirop, de biscuits et de brioches, et même de fleurs ; six fines bougies de cire brûlaient dans deux vieux chandeliers d'argent ; à côté du divan, un fauteuil Voltaire offrait l'hospitalité douillette de ses bras, et c'est là qu'on assit Sanine. Les occupants des lieux, dont il avait fait la connaissance ce jour-là, étaient réunis, y compris le caniche Tartaglia et le chat ; tous respiraient un indicible bonheur ; le caniche éternuait même de plaisir ; seul le chat continuait à minauder et à plisser les yeux. Sanine dut expliquer qui il était, d'où il venait et comment il s'appelait ; quand il dit qu'il était russe, les deux dames s'étonnèrent et poussèrent même des oh ! et des ah !, déclarant aussitôt d'une seule voix qu'il avait un allemand parfait ; mais s'il préférait le français, rien ne s'y opposerait, car toutes deux comprenaient et parlaient bien cette langue. Sanine accepta sur-le-champ la proposition. « Sanine ! Sanine ! » Les dames n'imaginaient pas qu'un nom russe pût être si facile à prononcer. Son prénom, « Dimitri », plut aussi beaucoup. La dame d'un certain âge rappela que dans sa jeunesse elle avait écouté le bel opéra *Demetrio e Polibio*, mais que « Dimitri » était bien mieux que « Demetrio ». Sanine conversa ainsi près d'une heure. Quant à ces dames, elles lui révélèrent toutes les circonstances de leur vie. La dame aux cheveux blancs, qui était la mère, parlait le plus. Sanine apprit qu'elle s'appelait Leonora Roselli et qu'elle était la veuve de

Giovanni Battista Roselli, qui s'était établi confiseur à Francfort, il y avait de cela vingt-cinq ans ; Giovanni Battista, natif de Vicence, avait été un homme très bien, certes un peu emporté et fier, républicain par-dessus le marché ! En disant cela, madame Roselli montra du doigt un portrait peint à l'huile, accroché au-dessus du divan. On se demandait si l'artiste – « lui aussi un républicain », comme l'avait précisé dans un soupir madame Roselli – avait bien saisi la ressemblance : sur la toile, le regretté Giovanni Battista avait l'air d'un bandit, d'une sombre brute, du genre de Rinaldo Rinaldini[1] !

Madame Roselli était elle-même originaire de « la vieille et belle ville de Parme, où se trouve cette merveilleuse coupole peinte par l'immortel Corrège ! » Son long séjour en Allemagne l'aurait presque complètement germanisée. Elle ajouta, hochant tristement la tête, qu'il ne lui restait plus que *cette* fille-ci et *ce* fils-là (qu'elle désigna tour à tour), que la fille s'appelait Gemma et le fils Emilio, tous deux de bons enfants obéissants, notamment Emilio... (« Je ne suis pas obéissante ? » protesta sa fille ; la mère répondit : « Oh ! Toi aussi, tu es une républicaine ! ») ; leurs affaires, évidemment, allaient moins bien que du temps du mari, un grand maître confiseur... (« *Un grand'uomo !* » reprit Pantaleone d'un air rude) ; toutefois, grâce au ciel, on avait encore de quoi vivre !

V

Gemma écoutait sa mère, tout en poussant tour à tour des petits rires, des soupirs, elle lui caressait les épaules, la menaçant du doigt ou regardant Sanine ; enfin elle se leva, enlaça sa mère et lui donna un baiser à la naissance du cou, ce qui la fit bien rire et même glousser. Pantaleone fut aussi présenté à Sanine, qui apprit qu'il avait été chanteur d'opéra, baryton, mais qu'il avait depuis longtemps abandonné sa carrière artistique et que sa condition dans la famille Roselli se situait entre ami de la maison et serviteur. Bien qu'il eût séjourné longuement en Allemagne, il connaissait mal l'allemand et ne l'utilisait que pour jurer, mutilant sans pitié même les gros mots. Il traitait presque tous les Allemands de *ferroflucto Spiccebubbio*[2]. L'italien, en revanche, il le parlait à la per-

1. Héros d'un roman de l'écrivain allemand H. Vilpius.
2. Déformation italienne de *verfluchter Spitzbube* (maudit coquin).

fection ; il était en effet de Senigallia où l'on entend *la lingua toscana in bocca romana* [1]. Apparemment Emilio se laissait dorloter et s'abandonnait aux jouissances du rescapé ou du convalescent ; de toute façon, il était évident que la maisonnée entière le gâtait. Il remercia timidement Sanine, mais il s'intéressait sans doute davantage aux sirops et aux bonbons. Sanine dut boire deux grandes tasses de l'excellent chocolat et manger une quantité de biscuits : à peine en avait-il avalé un que Gemma lui en offrait un autre, et impossible de refuser ! Il ne tarda pas à se sentir comme chez lui : le temps volait à une vitesse incroyable. Il eut à parler de bien des choses, de la Russie en général, du climat russe, de la société russe, du moujik russe et particulièrement des cosaques ; de la guerre de 1812, de Pierre le Grand, du Kremlin, et aussi des chants et des cloches russes. Les dames avaient une idée bien vague de notre vaste et lointaine patrie ; madame Roselli, ou Frau Lenore, comme on l'appelait plus souvent, stupéfia Sanine avec cette question : la fameuse maison de glace, construite au siècle passé à Saint-Pétersbourg, à propos de laquelle elle avait lu récemment un article dans un livre de son défunt mari, les *Bellezze delle arti*, existait-elle encore ? Et en réponse à Sanine s'exclamant : « Alors pour vous il n'y aurait jamais d'été en Russie ? », Frau Lenore répliqua que jusqu'alors elle s'était imaginé la Russie comme ça : neiges éternelles, tout le monde est en pelisse, tout le monde est militaire, mais l'hospitalité y est extraordinaire et tous les paysans sont dociles ! Sanine s'efforça de lui fournir, ainsi qu'à sa fille, des renseignements plus précis. Quand on en vint à la musique russe, on le pria tout de suite de chanter un air de son pays en lui indiquant un minuscule piano aux touches noires au lieu des blanches et blanches au lieu des noires. Il ne se fit pas prier et, s'accompagnant de deux doigts de la main droite et de trois (le pouce, le majeur et l'auriculaire) de la gauche, il chanta d'une fine voix haute et nasale d'abord la *Sarafane* [2], puis *Sur la chaussée*... Les dames louèrent sa voix et la musique, mais elles furent surtout transportées par la douceur et la sonorité de la langue russe, et elles réclamèrent la traduction du texte. Sanine leur donna satisfaction, mais comme les paroles des deux chansons, et surtout de la deuxième (il rendit ainsi le sens de l'original en français : sur une rue pavée une jeune fille allait à l'eau), ne pouvaient inspirer à ses auditrices une haute idée de la poésie russe, il commença par déclamer, puis traduisit et chanta les vers de Pouchkine : *Il me souvient de l'heure*

1. « Le toscan dans un bouche romaine ».
2. À l'époque, longue robe paysanne, boutonnée sur le devant et sans manches.

divine, mis en musique par Glinka, dont il écorcha un peu les couplets en mineur. Là, pour les dames ce fut l'extase, Frau Lenore avait découvert dans la langue russe une ressemblance surprenante avec l'italien. Par exemple, *mgnoviénié* et *o, vieni*, *so mnoï* et *siam noi*[1], etc. Même les noms de Pouchkine (elle prononçait « Poussèkine ») et de Glinka avaient pour elle une consonance assez familière. À son tour, Sanine demanda aux dames une chanson, et elles non plus ne firent point de cérémonies. Frau Lenore se mit au piano et chanta avec Gemma quelques *duettini* et *stornelli*[2]. La mère avait eu jadis un joli contralto ; la voix de la fille était un peu faible, mais agréable.

VI

Ce n'était pas la voix de Gemma qu'il admirait, mais sa personne. Il était assis un peu en retrait, de côté, et il pensait que même dans la poésie de Bénédiktov, un poète à la mode, il n'y avait point de palme pour rivaliser avec elle de grâce et de sveltesse. Quand, sur des notes sensibles, elle levait les yeux, il lui semblait qu'il n'y aurait pas de ciel qui ne pût s'ouvrir à un tel regard. Le vieux Pantaleone, appuyé de l'épaule contre la porte, le menton et la bouche noyés dans une épaisse cravate, l'écoutait gravement, avec l'air du connaisseur ; lui aussi admirait le visage de cette belle fille, il la buvait des yeux, lui qui pourtant devait être habitué à la contempler ! Après les *duettini* avec Gemma, Frau Lenore fit remarquer qu'Emilio avait une très belle voix, du pur argent, mais qu'il était entré dans l'âge où le timbre muait (effectivement, il parlait d'une basse qui se voilait sans cesse) et que pour cette raison il ne devait pas chanter ; mais, poursuivait-elle, il y avait là Pantaleone qui, en l'honneur de l'invité, pouvait bien revenir au bon vieux temps ! Celui-ci fit tout de suite grise mine, se rembrunit, hérissa sa crinière et déclara qu'il avait tout abandonné depuis longtemps, même si dans sa jeunesse il avait su tenir sa place, et que du reste il appartenait à la grande époque des vrais chanteurs classiques – rien à voir avec les braillards d'aujourd'hui ! – et d'une véritable école de chant ; un jour à Modène, on lui aurait offert, à lui Pantaleone Cippatola, de Varèse, une couronne de laurier et à cette

1. Respectivement : « instant » et « ô viens » ; « avec moi » et « c'est nous ».
2. Chant populaire italien.

occasion on aurait lâché dans le théâtre un vol de colombes blanches ; un certain prince russe justement, Tarbousski, *il principe Tarbusski*, avec qui il aurait eu des relations très amicales, qui l'aurait sans cesse invité en Russie quand ils dînaient ensemble, lui faisant miroiter des tas d'or, des tas... ! Mais il n'aurait pas voulu quitter l'Italie, le pays de Dante, *il paese del Dante* ! Certes, il aurait essuyé ensuite quelques revers, il aurait manqué de prudence... Alors le vieil homme coupa court, poussa deux ou trois profonds soupirs, baissa les yeux et... repartit sur l'époque classique du chant, du fameux ténor Garcia[1], à qui il vouait une immense vénération.

« C'était un homme ! s'écria-t-il. Jamais le grand Garcia, *il gran Garcia*, ne s'était abaissé au point de chanter en fausset comme les *tenoracci*, ces piètres ténors d'aujourd'hui : tout avec la poitrine, la poitrine, *voce di petto, si*[2] ! et le vieillard, d'un petit poing desséché, se frappait énergiquement le jabot !

« Et quel acteur ! Un volcan, *signori miei*, un volcan *un Vesuvio !* J'ai eu l'honneur et la joie de chanter avec lui dans l'opéra *dell'illustrissimo maestro Rossini*, dans *Otello* ; j'étais Iago et quand il prononçait cette phrase... »

Pantaleone prit alors la pose et attaqua d'une voix tremblante et enrouée, mais pathétique encore :

« *L'i... ra da ver... so da ver... so il fato*

« *Io più no... no... no... non temerò*[3] *!*

« Le théâtre, *signori miei*, frissonnait. Moi non plus je ne demeurais pas en reste, j'enchaînais après lui :

« *L'i... ra da ver... so da ver... so il fato*

« *Temèr più non dovrò*[4] *!* »

Et brusquement, telle la foudre, tel un tigre, il lança :

« *Morrò... ! Ma vendicato*[5] *!*

« Ou alors quand il chantait... quand il chantait l'air fameux du *Matrimonio segreto* : *Pria che spunti*[6]... Là, *il gran Garcia*, après les paroles : *I cavali di galoppo*, il faisait... sur les paroles : *Senza posa cacciera*[7], écoutez comme c'est merveilleux, *com'è stupendo*, il faisait... » Le vieil homme attaqua alors des fioritures extraordinaires, mais à la dixième note, il buta, toussa, se détourna en

---

1. Manuel Garcia, chanteur espagnol, père de la Malibran et de Pauline Viardot, amie de Tourgueniev.
2. « Voix de poitrine, oui ! »
3. « La colère du destin, je ne la craindrai plus. »
4. « La colère du destin, je ne devrai plus la craindre. »
5. « Je mourrai, mais vengé ! »
6. « Avant que ne se lève... »
7. « Les chevaux au galop », « il fouettera sans trêve ».

gesticulant d'un bras, et bredouilla : « Pourquoi me tourmentez-vous ? » Gemma bondit aussitôt de sa chaise, applaudit bruyamment, cria « Bravo !... Bravo ! », courut auprès du pauvre Iago retraité et des deux mains elle lui tapota tendrement les épaules. Seul Émile riait cruellement. « Cet âge est sans pitié », avait déjà dit La Fontaine.

Sanine tenta de consoler le vieux chanteur ; il lui parla italien (dont il avait rapporté quelques bribes de son dernier voyage), il parlait du *paese del Dante, dove il si suona*... Cette phrase, ainsi que *Lasciate ogni speranza*[1], constituait tout le bagage poétique du jeune touriste ; mais Pantaleone ne céda pas à ces complaisances. Le menton engoncé plus que jamais dans sa cravate, ses yeux maussades écarquillés, il ressemblait de nouveau à un oiseau, fâché qui plus est, à un corbeau peut-être, ou à un milan. Alors Émile, qui aussitôt rougit légèrement comme le font d'habitude les enfants gâtés, se tourna vers sa sœur et lui dit que si elle voulait distraire leur hôte, elle ne pouvait imaginer mieux que de lui lire une des saynètes de Maltz, ce qu'elle faisait si bien. Gemma éclata de rire, donna une tape à son frère sur le bras, s'exclama qu'il avait « toujours de ces idées ! ». Mais elle alla tout de suite chercher dans sa chambre un petit livre ; elle s'installa à la table devant la lampe, se retourna, leva un doigt – « silence, vous dit-on ! » – un geste purement italien, et commença la lecture.

VII

Maltz était un auteur francfortois des années 1830, qui dans de petites comédies courtes et faciles en dialecte local campait des personnages typiques de Francfort avec un humour certes superficiel, mais drôle et pétulant. En effet, Gemma lisait fort bien, en actrice accomplie. Elle croquait chaque personnage, elle en soulignait le caractère grâce au don de la mimique dont elle avait hérité en même temps que de son sang italien ; sans ménager sa voix chaude ni son beau visage quand il fallait jouer soit une vieille femme retombée en enfance, soit un bourgmestre stupide, elle faisait les grimaces les plus désopilantes, roulait les yeux, remuait le nez, grasseyait, piaillait... Tant qu'elle lisait, elle ne riait pas ; mais quand les auditeurs (à l'exception, toutefois, de Pantaleone :

1. « Du pays de Dante où sonne le *si* », « Laissez toute espérance » (Dante).

il s'était écarté dès qu'il fut question de ce *ferroflucto Tedesco*) l'interrompaient par de francs éclats de rire, elle posait le livre sur ses genoux et s'en donnait à cœur joie, la tête renversée en arrière ; ses boucles noires roulaient en anneaux souples sur son cou et ses épaules secouées de rire. Le calme revenu, elle reprenait son livre, redonnait à ses traits l'expression convenable et poursuivait la lecture avec sérieux. L'admiration de Sanine était sans bornes ; par quel prodige ce visage d'une idéale beauté prenait-il soudain une expression comique, parfois presque triviale ? Gemma réussissait moins bien dans les rôles de jeunes demoiselles, ce qu'on appelle les « jeunes premières » ; elle ratait, en particulier, les scènes d'amour ; elle le sentait et les interprétait donc d'un ton légèrement moqueur, comme si elle ne croyait pas à tous ces serments exaltés et déclarations sublimes, que d'ailleurs l'auteur évitait lui-même, dans la mesure du possible.

Sanine ne vit pas la soirée passer et à la sonnerie de dix heures seulement il se souvint de l'imminence de son départ. Il sauta de sa chaise comme un fou.

« Qu'avez-vous ? demanda Frau Lenore.

— Mais je devais partir aujourd'hui pour Berlin et j'ai déjà ma place dans la diligence !

— Pour quelle heure ?

— Dix heures et demie !

— Vous n'y arriverez pas, c'est sûr, remarqua Gemma. Restez... je lirai encore.

— Vous avez tout payé ou seulement versé un acompte ? s'intéressa Frau Lenore.

— Tout ! » hurla Sanine crispé.

Gemma le regarda en clignant les yeux et se mit à rire, mais sa mère la gronda.

« Le jeune homme a dépensé en vain de l'argent et toi, tu ris !

— Ce n'est rien, répliqua Gemma. Ça ne va pas le ruiner et nous allons faire en sorte de le consoler. Voulez-vous de la limonade ? »

Sanine but un verre de limonade, Gemma reprit Maltz et tout recommença ; comme si de rien n'était.

Minuit sonna. Sanine se prépara à quitter les lieux.

« Maintenant vous devez rester à Francfort quelques jours encore, lui dit Gemma. À quoi bon vous presser ? Ça ne sera pas plus drôle dans une autre ville. »

Elle se tut un instant.

« Sûr, pas plus drôle », ajouta-t-elle avec un sourire. Sanine ne répondit rien et se dit que sa bourse plate l'assignait à résidence à

Francfort, en attendant une réponse de l'ami berlinois qu'il avait l'intention de taper.

« Restez, restez donc, insista Frau Lenore. Vous ferez la connaissance de monsieur Karl Kluber, le fiancé de Gemma. Il n'a pas pu venir aujourd'hui, car il est très occupé dans son magasin... Vous avez certainement vu sur la *Zeile*[1] cet important magasin de drap et de soieries ? Eh bien, c'est lui le chef là-bas. Il sera très heureux de vous connaître. »

Dieu sait pourquoi, cette nouvelle l'affecta un peu. « Un veinard, ce fiancé ! » pensa-t-il. Il regarda Gemma et crut surprendre dans ses yeux une expression ironique. Il s'inclina pour prendre congé.

« À demain ? À demain, n'est-ce pas ? demanda Frau Lenore.

— À demain ! précisa Gemma d'un ton sans réplique, comme s'il ne pouvait en aller autrement.

— À demain ! » reprit Sanine.

Émile, Pantaleone et le caniche Tartaglia l'accompagnèrent jusqu'au coin de la rue. Pantaleone ne put cacher qu'il était mécontent de la lecture de Gemma.

« Elle devrait avoir honte ! Ça grimace, ça piaule – *una carricatura !* Elle pourrait jouer *Mérope* ou *Clytemnestre*, quelque chose de grand, de tragique, mais elle singe les mégères allemandes ! Moi aussi je peux... *Mertz, kertz, smertz* », ajouta-t-il d'une voix rauque, tout en tendant le cou en avant et en écartant les doigts. Tartaglia aboyait après lui et Émile pouffait de rire. Le vieux tourna les talons.

Sanine revint au *Cygne-Blanc* (il avait laissé ses affaires dans le salon de l'hôtel) dans une disposition d'esprit assez confuse. Tous ces discours germano-franco-italiens lui sonnaient encore aux oreilles.

« Fiancée ! » murmurait-il, déjà couché dans la modeste chambre qu'on lui avait donnée.

« Et avec ça une beauté ! Oui, mais pourquoi suis-je donc resté ? »

Le lendemain, cependant, il adressa une lettre à son ami de Berlin.

VIII

Il n'avait pas eu le temps de s'habiller que le garçon d'hôtel lui annonça la visite de deux messieurs. L'un d'eux était Émile ; l'autre, un homme jeune au visage imposant, haut de taille et de

---

1. Artère principale de Francfort.

belle stature, était Herr Karl Kluber, le fiancé de la charmante Gemma.

Il fallait se rendre à l'évidence : en ce temps-là il n'y avait pas dans tout Francfort, dans aucun magasin, de premier commis aussi poli, convenable, important, aimable, que ce monsieur Kluber. La perfection de sa toilette allait de pair avec la dignité de son maintien, avec le raffinement – il est vrai, un peu guindé et discret, à la mode anglaise (il avait passé deux années en Angleterre) –, le raffinement néanmoins séduisant de ses manières ! Dès l'abord il était clair que ce jeune beau monsieur, assez grave, parfaitement élevé et bien savonné, avait pour habitude de se soumettre aux puissants et de commander aux petits, et qu'au comptoir de son magasin il devait sûrement s'attirer la considération des clients eux-mêmes ! On ne pouvait mettre en doute son exceptionnelle honnêteté : il suffisait de jeter un coup d'œil sur ses cols fortement empesés ! Sa voix aussi était celle que l'on pouvait attendre : pleine, sonore et ferme, mais sans excès, ayant même un timbre légèrement cajoleur. Avec un tel organe on est bien placé pour donner des ordres à ses commis : « Montrez ce coupon de velours de Lyon ponceau ! » ou : « Avancez une chaise à Madame ! »

M. Kluber d'abord se présenta : il plia l'échine avec tant de noblesse, écarta si joliment les jambes avant de réunir ses deux talons si courtoisement qu'à tout coup l'effet était assuré : « Chez cet homme, tout est de premier choix, le linge autant que les qualités morales ! » La délicatesse des soins apportés à sa main droite nue (de la gauche gantée de suède il tenait un chapeau lustré comme un miroir ; l'autre gant était au fond du chapeau), la délicatesse des soins de sa main droite, qu'il tendit à Sanine avec une modestie non dépourvue de fermeté, dépassait toute vraisemblance : chaque ongle constituait une merveille du genre ! Puis il fit savoir, dans un allemand des plus châtiés, qu'il tenait à assurer de sa considération et de sa gratitude M. l'étranger qui avait rendu un éminent service à son futur parent, le frère de sa fiancée ; en disant cela, il désigna de la main gauche Émile qui se sentit tout honteux, se tourna vers la fenêtre et se planta un doigt dans la bouche. Herr Kluber ajouta qu'il serait heureux si à son tour il pouvait être agréable à M. l'étranger. Sanine répondit en allemand aussi, non sans quelque difficulté, qu'il était très heureux... que le service qu'il avait rendu était minime... puis il pria ses hôtes de prendre place. Herr Kluber remercia et, ayant écarté vivement les basques de son habit, il se posa sur une chaise, mais si légèrement et avec un équilibre si précaire qu'il était impossible de ne pas comprendre : « Cet homme s'est assis par politesse et il ne tardera pas à s'envoler ! » En effet, il s'envola tout de suite. Après avoir fait deux pas discrets – on aurait dit qu'il dansait – il annonça que, malheureusement, il ne pouvait rester plus longtemps, car il courait au magasin – les affaires avant tout ! – mais que demain dimanche il organisait, avec l'assentiment de Frau Lenore et de Fräulein Gemma, une partie de plaisir à Soden, à laquelle il avait l'honneur d'inviter M. l'étranger, nourrissant l'espoir que celui-ci ne refuserait pas d'agrémenter la promenade par sa présence. Sanine ne refusa pas l'offre ; Herr Kluber fit de nouveau quelques politesses et s'éloigna en faisant joliment chatoyer les plis de ses pantalons vert pois et craquer tout aussi joliment les semelles de ses bottes du tout dernier modèle.

IX

Émile, qui avait toujours le visage tourné vers la fenêtre, même quand Sanine les eut invités à s'asseoir, exécuta un demi-tour vers la gauche dès que son futur parent fut sorti. Grimaçant comme un gosse et rougissant, il demanda alors à Sanine s'il pouvait rester encore un peu chez lui. « Je me sens bien mieux aujourd'hui, ajouta-t-il, mais le docteur m'a interdit de travailler. »

« Restez ! Vous ne me gênez nullement », s'exclama tout de suite Sanine, en bon Russe pour qui tout prétexte était bienvenu pourvu qu'il n'y eût rien à faire.

Émile le remercia et bientôt se sentit à l'aise avec Sanine et chez lui ; il s'intéressait à ses affaires, posant des questions sur la plupart d'entre elles : où il les avait achetées et quelle était leur valeur. Il l'aida à se faire la barbe et lui fit remarquer qu'il avait tort de ne pas se laisser pousser la moustache ; enfin, il l'informa d'une quantité de détails sur sa mère, sa sœur, Pantaleone, et même sur le caniche Tartaglia, sur leurs faits et gestes. Émile ne montrait plus la moindre trace de timidité ; il s'était soudain pris d'une vive inclination pour Sanine, et cela pas du tout parce que celui-ci lui avait sauvé la vie hier, mais parce qu'il était un homme si sympathique ! Il ne tarda pas à lui confier tous ses secrets. Il insistait avec une ardeur particulière sur le fait que maman voulait absolument faire de lui un commerçant, mais lui *savait* à coup sûr qu'il était né artiste, musicien, chanteur ; le théâtre était sa vraie vocation ; même Pantaleone l'encourageait, mais M. Kluber soutenait maman, sur qui il exerçait une grande influence ; l'idée même de faire de lui un boutiquier appartenait en propre à M. Kluber, pour qui rien au monde ne pouvait rivaliser avec l'état de marchand ! Vendre du drap et du velours et rouler le public, lui faire des *Narren- oder Russenpreise* (des prix pour les idiots ou pour les Russes), tel était son idéal[1] !

« Eh bien ! Allons chez nous maintenant ! s'écria-t-il, dès que Sanine eut achevé sa toilette et écrit sa lettre pour Berlin.

— Ce n'est pas encore l'heure, remarqua Sanine.

— Ça n'a pas d'importance, répliqua Émile qui se montrait tendre avec lui. Allons-y ! Nous passerons d'abord par la poste. Gemma sera si heureuse de vous voir ! Vous déjeunerez à la maison... Vous pourrez dire un mot à maman sur moi, sur ma carrière...

— Entendu », répondit Sanine. Et ils partirent.

X

En effet, Gemma fut ravie de le revoir et Frau Lenore l'accueillit très amicalement : apparemment, il avait fait hier bonne impression sur elles. Émile courut s'occuper du déjeuner, mais il eut le temps de lui souffler à l'oreille : « N'oubliez pas ! »

« Je n'oublierai pas », répondit Sanine.

Frau Lenore ne se sentait pas bien ; elle avait la migraine et, à demi allongée dans un fauteuil, elle s'efforçait de rester immobile. Gemma portait un ample corsage jaune, pris dans une ceinture de cuir noir ; elle aussi paraissait fatiguée et elle avait pâli ; sans en ternir l'éclat, des cernes bistre ombraient ses yeux, et la pâleur conférait quelque chose de mystérieux et de séduisant aux traits classiques de son visage. Ce jour-là, Sanine fut particulièrement frappé par l'élégance et la beauté de ses mains ; quand elle maintenait et arrangeait ses boucles noires et brillantes, il ne pouvait détacher ses yeux de ces doigts agiles, longs, déliés, comme ceux de la *Fornarina* de Raphaël.

Dehors il faisait très chaud ; Sanine voulut se retirer après le déjeuner, mais on lui fit observer que par une telle journée mieux valait ne pas bouger, et il en convint ; il resta donc. La fraîcheur

1. Jadis – et peut-être aujourd'hui encore – quand, dès le mois de mai, les Russes affluaient à Francfort, les prix augmentaient dans les magasins, d'où l'expression *prix pour les Russes* ou encore – hélas ! – *prix pour les idiots* (note de l'auteur).

régnait dans la pièce de derrière où il se trouvait avec les dames ; les fenêtres donnaient sur un petit jardin planté d'acacias. Dans leur épais feuillage piqué de fleurs dorées, des nuées d'abeilles, de guêpes et de bourdons goulus vrombissaient à l'unisson ; ce bruit pénétrait la pièce par les volets entrouverts et les stores baissés : il disait la chaleur torride du dehors, et la fraîcheur du logis clos et intime en devenait plus suave.

Comme hier, Sanine parlait beaucoup, mais ce n'était plus de la Russie ni de la vie russe. Désireux de complaire à son jeune ami, qu'on avait expédié chez M. Kluber sitôt le repas fini – pour apprendre la comptabilité –, il orienta la conversation sur les avantages et inconvénients respectifs des métiers de l'art et du commerce. Il ne fut pas étonné que Frau Lenore prît le parti du commerce ; il s'y attendait ; mais Gemma, elle aussi, partageait cette opinion.

« Artiste, et surtout chanteur, affirmait-elle en faisant des gestes énergiques de la main, il faut être à la première place ! La deuxième ne vaut rien ; or, qui sait si on pourra atteindre la première ? »

Pantaleone, qui participait aussi à la conversation (en qualité de très ancien serviteur et d'homme âgé, il était même autorisé à s'asseoir à la table des maîtres, car en général, les Italiens ne sont pas trop à cheval sur l'étiquette), épousait, naturellement, la cause des artistes. Or ses arguments étaient assez faibles : pour l'essentiel, il prétendait qu'il fallait avant tout disposer *d'un certo estro d'inspirazione* – d'un certain élan d'inspiration ! Frau Lenore lui fit remarquer que lui aussi possédait, bien sûr, cet *estro*, mais que cependant...

« J'avais des ennemis, expliqua-t-il et il se renfrogna..

— Comment sais-tu (c'est connu, les Italiens se tutoient facilement) qu'Émile n'aura pas d'ennemis, même si cet *estro* se révèle en lui ?

— Alors, faites de lui un épicier, déclara-t-il dépité. Il avait beau être confiseur, Giovann' Battista n'aurait pas agi comme ça !

— Giovann' Battista, mon mari, était un homme raisonnable, et si dans sa jeunesse il s'était emballé... »

Mais le vieillard ne voulait plus rien entendre, et il s'éloigna en répétant sur un ton de reproche :

« Ah ! Giovann' Battista... ! »

Gemma s'écria que si Émile avait la fibre patriotique et voulait se donner corps et âme à la libération de l'Italie, alors, pour une cause aussi noble et sacrée on pouvait certes sacrifier un avenir assuré, mais pas pour le théâtre ! Frau Lenore s'agita alors et supplia sa fille au moins de ne pas désarçonner Émile et de se contenter d'être elle seule une républicaine à tous crins ! Là-dessus, Frau

Lenore poussa un gémissement et se plaignit de sa tête qui était, disait-elle, « près d'éclater ». (Par égard pour l'invité Frau Lenore parlait à sa fille en français.)

Gemma lui prodigua des soins immédiats : elle lui soufflait doucement de l'air sur le front qu'elle avait au préalable humecté d'eau de Cologne, l'embrassait délicatement sur les joues, lui arrangeait l'oreiller sous la tête, lui interdisait de parler et l'embrassait encore. Ensuite, elle se tourna vers Sanine et lui raconta quelle excellente mère elle était et quelle belle femme elle avait été ! « Que dis-je « avait été » ! Elle est toujours merveilleuse. Regardez, regardez donc ces yeux ! »

En un tour de main Gemma sortit d'une poche un mouchoir blanc, en cacha le visage de sa mère, puis tirant lentement le linge vers le bas, elle découvrit peu à peu le front, les sourcils et les yeux de Frau Lenore ; Gemma attendit un peu avant de lui demander de les ouvrir. Sa mère obéit, Gemma cria de ravissement (les yeux de Frau Lenore étaient vraiment très beaux) et ayant glissé le mouchoir sur la partie basse, moins régulière, du visage maternel, elle se précipita pour l'embrasser une nouvelle fois. Frau Lenore riait et se détournait un peu, feignait des efforts pour écarter sa fille. Celle-ci feignait aussi de lutter contre sa mère et la cajolait, non pas comme une chatte, à la française, mais à l'italienne, avec cette grâce qui n'est jamais dénuée de force.

Enfin Frau Lenore déclara qu'elle était lasse... Gemma lui conseilla de faire tout de suite une petite sieste, ici même, dans le fauteuil, et le « monsieur russe » et moi, nous ne ferons pas de bruit, pas plus de bruit que... « des souriceaux ». Frau Lenore lui répondit d'un sourire, ferma les yeux et, après quelques légers soupirs, s'assoupit. Gemma s'assit prestement sur un banc près d'elle et s'immobilisa ; de temps en temps seulement elle portait un doigt à ses lèvres – de l'autre main elle soutenait l'oreiller derrière la tête de sa mère – et faisait discrètement chut ! en regardant Sanine de travers, quand celui-ci se permettait le moindre geste. En fin de compte, lui aussi se retrouva figé, planté sur son siège, comme envoûté, admirant de tout son cœur le tableau qui s'offrait à ses yeux, et cette pièce dans la pénombre, où çà et là éclataient les points rouges de somptueuses roses fraîches, fichées dans des vases anciens de couleur verte, et cette femme endormie, les mains humblement jointes, son bon visage fatigué, ourlé de blanc par la neige de l'oreiller, et cet être jeune, vif et sensible, bon aussi, intelligent, pur, cette beauté ineffable aux yeux d'un noir profond, noyés d'ombre, et cependant lumineux... Qu'était-ce ? Un songe ? Un conte de fées ? Et *lui*, par quel artifice se trouvait-il ici ?

XI

La clochette tinta à la porte de la confiserie. Un garçon de la campagne en bonnet de fourrure et gilet rouge entra. Depuis le matin pas un seul client n'y avait mis les pieds... « Les affaires vont tout doux ! » avait dit en soupirant Frau Lenore à Sanine pendant le déjeuner. Elle continuait de somnoler ; Gemma craignait d'enlever sa main de l'oreiller et lui chuchota : « Allez-y, remplacez-moi au magasin ! » Sanine s'y rendit immédiatement, sur la pointe des pieds. Le garçon voulait un quart de livre de pastilles de menthe.

« Combien ça fait ? chuchota-t-il par la porte entrebâillée.

— Six kreutzers ! » lui répondit-elle tout doucement.

Sanine pesa le quart de livre, fit un cornet de papier et enveloppa les pastilles, qui s'en échappèrent ; il recommença l'opération sans plus de succès, donna enfin la marchandise et prit l'argent... Le gars le regardait étonné, triturant son bonnet contre son estomac, alors que dans la pièce contiguë Gemma, une main sur la bouche, se tordait de rire. Sitôt cet acheteur parti, un deuxième se présenta, puis un troisième... « Je porte chance, il me semble ! » se dit Sanine. Le deuxième demanda un verre d'orgeat, le troisième une demi-livre de bonbons. Sanine leur donna satisfaction, dans un cliquetis frénétique de cuillères et de soucoupes qui s'entrechoquaient, plongeant hardiment les doigts dans tiroirs et bocaux. Tout compte fait, il avait vendu l'orgeat trop bon marché, mais les bonbons trop cher de deux kreutzers. Gemma ne cessait de rire sous cape et Sanine lui aussi se sentait d'une gaieté peu ordinaire, d'une humeur particulièrement heureuse. Il pourrait passer ainsi une vie entière à ce comptoir, à vendre des bonbons et de l'orgeat, tandis que par la fente de la porte, cet être charmant le contemple de ses yeux gentiment malicieux, le soleil d'été, qui perce l'imposant feuillage des marronniers devant les fenêtres, remplit la pièce entière de l'or verdâtre de ses rayons et des ombres de midi, et le cœur savoure la délicieuse langueur du farniente, de l'insouciance et de la jeunesse, de la jeunesse originelle !

Le quatrième visiteur voulut une tasse de café : il fallut recourir à Pantaleone (Émile n'était toujours pas rentré du magasin de M. Kluber). Sanine se rassit près de Gemma. Frau Lenore sommeillait toujours, pour le plus grand plaisir de sa fille.

« La migraine de maman passe quand elle dort », remarqua-t-elle.

Sanine lança la conversation – toujours à mi-voix, bien sûr – sur son « commerce » ; il se renseignait avec le plus grand sérieux sur le prix des différents « produits de confiserie » ; Gemma les lui indiquait tout aussi sérieusement, et pourtant tous deux partageaient intérieurement le même rire, comme s'ils avaient conscience de jouer ensemble une comédie fort drôle. Dans la rue un orgue de Barbarie fit entendre soudain un air du *Freischütz* : « *Durch die Felder, durch die Auen*[1]... » Les notes criardes égrenaient leur plainte chevrotante dans l'air figé. Gemma tressaillit... « Ça va réveiller maman ! » Sanine bondit dans la rue, glissa à l'homme quelques kreutzers pour qu'il arrêtât l'orgue et partît. Quand Sanine revint, Gemma le remercia d'un léger signe de tête, puis sourit d'un air pensif et se mit à fredonner tout bas la belle mélodie de Weber, où Max exprime toutes les inquiétudes du premier amour. Elle demanda à Sanine s'il connaissait le *Freischütz*, s'il aimait Weber, et elle ajouta que, bien qu'Italienne, elle aimait par-dessus tout *une telle* musique. De Weber ils passèrent à la poésie et au romantisme, à Hoffmann, que tout le monde lisait encore à cette époque...

Frau Lenore, quant à elle, continuait son somme, elle ronflait même un peu, et la lumière du soleil, qui pénétrait en raies étroites par les volets, changeait de place lentement, mais sûrement, voyageait sur le sol, les meubles, la robe de Gemma, les feuilles et les pétales des fleurs.

XII

En fait, Gemma ne faisait pas grand cas de Hoffmann, elle le trouvait même... ennuyeux ! Les brumes nordiques et fantastiques de ses contes étaient peu familières à sa radieuse nature méridionale. « Ce ne sont que des contes, tout est écrit pour les enfants ! » assurait-elle non sans dédain. Elle ressentait aussi vaguement l'absence de poésie chez Hoffmann. Toutefois, une de ses nouvelles, dont elle avait d'ailleurs oublié le titre, lui plaisait beaucoup ; en vérité, elle n'en aimait que le début : la fin, elle ne l'avait pas lue ou bien elle l'avait oubliée. Il s'agissait d'un jeune homme qui, quelque part, peut-être bien dans une confiserie, rencontre une jeune fille d'une beauté ravissante, une Grecque ; elle est accom-

1. « Par les champs, par les prairies ».

pagnée d'un vieillard à l'air étrange, mystérieux et méchant. Dès le premier coup d'œil le jeune homme tombe amoureux de la belle ; celle-ci lui adresse des regards pitoyables, comme pour le supplier de la délivrer... Il s'éloigne un instant et, de retour dans la confiserie, il n'y trouve plus la jeune fille ni le vieux ; il se lance à sa poursuite, tombe sans cesse sur leurs traces encore fraîches, court après eux, mais d'aucune manière, nulle part et jamais il ne peut les rejoindre. La belle lui échappe dans les siècles des siècles, et il n'a pas la force d'oublier ce regard implorant, il est tourmenté par l'idée que tout le bonheur de sa vie a bien pu lui filer entre les doigts...

Hoffmann ne termine sûrement pas son récit de cette façon ; mais c'est ainsi qu'il s'est constitué et fixé dans la mémoire de Gemma.

« Il me semble, dit-elle, que de telles rencontres et de telles séparations se produisent sur terre plus souvent qu'on ne pense. »

Sanine se tut... et un instant après il se mit à parler de... M. Kluber. C'était la première fois qu'il le mentionnait ; jamais jusque-là il ne l'avait évoqué.

Gemma resta silencieuse à son tour et se perdit dans ses pensées, se mordillant l'ongle de l'index, détournant les yeux. Puis, elle fit l'éloge de son fiancé, rappela la promenade qu'il leur avait arrangée pour le lendemain et, après avoir jeté un bref coup d'œil à Sanine, se tut de nouveau.

Sanine ne savait comment relancer la conversation.

Émile fit une entrée bruyante et réveilla Frau Lenore... Sanine se félicita de sa venue.

Frau Lenore se leva et Pantaleone vint annoncer que le déjeuner était prêt. Ami de la maison, ex-chanteur et serviteur, il occupait aussi la fonction de cuisinier.

XIII

Après le déjeuner Sanine était encore là. On ne le laissait pas partir, toujours sous le prétexte de la terrible canicule, mais quand celle-ci se fut apaisée, on lui proposa d'aller boire le café dans le jardin, à l'ombre des acacias. Il accepta. Il se sentait très bien. La monotonie d'une vie au cours tranquille et harmonieux recèle des charmes puissants, et il s'y abandonnait avec volupté, sans rien exiger de particulier du jour présent, mais sans penser non plus au lendemain, sans se souvenir d'hier. Que signifiait le simple fait d'être aux côtés d'une jeune fille telle que Gemma ? Bientôt ils se sépareraient et sans doute pour toujours ; mais tant qu'une seule et même barque, comme dans la romance d'Uhland, les porte sur les flots domptés de la vie, ô voyageur, jubile, délecte-toi ! Or tout semblait agréable et ravissant à l'heureux voyageur. Frau Lenore lui proposa de se mesurer à elle et à Pantaleone au *tresette* ; elle lui apprit ce jeu de cartes italien peu compliqué, lui gagna quelques kreutzers, et il en fut très content ; à la demande d'Émile, Pantaleone fit exécuter au caniche Tartaglia tous ses numéros : il sautait par-dessus un bâton, « parlait », c'est-à-dire jappait et éternuait, il fermait la porte avec son museau, apportait une chaussure éculée de son maître ; enfin, coiffé d'un vieux shako, il joua le maréchal Bernadotte subissant les reproches acerbes de Napoléon pour sa traîtrise. Évidemment, Pantaleone tenait le rôle de Napoléon, et très fidèlement : les bras croisés sur la poitrine, le tricorne enfoncé jusqu'aux yeux, il parlait d'une voix perçante et vulgaire, en français, ah mon Dieu ! dans *quel* français ! Tartaglia était assis aux pieds de son empereur, tout recroquevillé, la queue basse, plissant et cillant les yeux sous la visière du shako planté de traviole sur son crâne ; de temps en temps, quand Napoléon haussait le ton, Bernadotte se dressait sur ses pattes arrière. « *Fuori, traditore*[1] ! » s'écria enfin Napoléon, oubliant dans sa rage qu'il lui fallait garder jusqu'au bout son caractère français, et alors Bernadotte fila telle une flèche sous le divan, mais en ressortit tout de suite avec un aboiement joyeux, comme pour dire que la représentation était finie. Tous les spectateurs avaient bien ri, Sanine le premier.

Gemma avait un rire délicieux, doux, intarissable, entrecoupé de gloussements très plaisants... De ce rire Sanine était fou, pour ces mignons gloussements il l'aurait dévorée de baisers !

Enfin la nuit arriva. Politesse oblige ! Sanine prit congé de tous à plusieurs reprises, dit à chacun « à demain ! » (il échangea même des baisers avec Émile), puis rentra, emportant dans son cœur l'image de cette jeune fille tour à tour rieuse, pensive, tranquille, voire indifférente, mais toujours conquérante ! Ses yeux, tantôt largement ouverts, limpides et rayonnants comme le jour, tantôt voilés par les cils, profonds et noirs comme la nuit, le regardaient bien en face, s'insinuant étrangement et délicieusement dans toute son imagination et sa pensée.

Quant à M. Kluber, quant aux raisons qui l'avaient incité à rester à Francfort, bref, tout ce qui avait agité Sanine la veille, il n'y pensa pas une seconde.

1. « Dehors, traître ! »

XIV

Mais parlons un peu de Sanine.

Primo, il n'était pas du tout, du tout mal de sa personne. Bien fait, de belle taille, les traits un peu mous, mais agréables, de petits yeux tendres assez bleus, les cheveux d'un blond doré, la peau blanche et le teint vermeil, et surtout cette expression de franche gaieté, confiante, ouverte, un peu niaise de prime abord, qui jadis permettait de reconnaître sur-le-champ les rejetons des familles de qualité, les bons petits barines, les « fils à papa », nés et engraissés dans nos immenses espaces de semi-steppes ; une allure hésitante, une voix zozotante, un sourire d'enfant dès qu'on le regarde... et enfin la fraîcheur, la santé, et quelle douceur, quelle douceur, mon Dieu, quelle douceur, et vous avez là Sanine tout craché. Secundo, il n'était pas bête et possédait un certain bagage. Il avait conservé sa fraîcheur malgré ce voyage à l'étranger : les passions dangereuses qui soulevaient des tempêtes chez les meilleurs de ses jeunes contemporains lui étaient à peu près étrangères.

Ces derniers temps, dans notre littérature, après s'être vainement mis en quête d'« hommes nouveaux », on a entrepris de fabriquer un modèle de garçons résolus à être frais coûte que coûte... frais comme les huîtres de Flensbourg importées à Saint-Pétersbourg... Sanine n'était pas de ceux-là. Puisqu'on en est aux comparaisons, il rappelait plutôt un jeune pommier touffu, récemment greffé dans un de nos vergers des terres noires, ou mieux encore, un délicat cheval de trois ans, bouchonné, luisant, aux pattes solides, des anciens haras « seigneuriaux », et qu'on commence tout juste de manier à la corde... Ceux qui plus tard auront affaire à Sanine, déjà copieusement meurtri par la vie, délesté depuis longtemps de ses rondeurs juvéniles, verront en lui un homme bien différent.

* *
*

Le lendemain matin, Sanine était encore au lit quand Émile endimanché, fortement pommadé et la canne à la main, fit irruption dans sa chambre et l'informa que M. Kluber allait arriver en voiture, que le temps promettait d'être splendide, que tout était prêt chez eux, mais que sa maman ne viendrait pas à cause d'une nouvelle migraine. Il pressa Sanine, car il n'y avait pas une minute à perdre, assurait-il... Effectivement, Sanine était en pleine toilette quand M. Kluber arriva. Il frappa doucement avant d'entrer, puis il s'inclina, plia l'échine, annonça qu'il attendrait le temps nécessaire, et s'assit, calant avec grâce son chapeau sur un genou. L'imposant commis avait l'élégance gommeuse et outrageusement parfumée : chacun de ses mouvements dégageait une abondance d'effluves de la plus fine des senteurs. Il était venu dans une spacieuse voiture ouverte, un landau, tirée par deux chevaux grands et solides, mais sans beauté. Un quart d'heure plus tard, Sanine, Kluber et Émile firent une arrivée solennelle devant la confiserie. Mme Roselli refusa carrément de prendre part à la promenade ; Gemma voulait rester avec sa mère, mais celle-ci la chassa, pour ainsi dire.

« Je n'ai besoin de personne, prétendait-elle, je vais dormir. Je vous aurais bien donné Pantaleone, mais il n'y aurait personne au magasin.

— Si on prenait Tartaglia ? demanda Émile.

— Prenez-le, bien sûr. »

Sans plus attendre, Tartaglia grimpa joyeusement sur le siège du cocher, il s'assit et se lécha les babines : on voyait que ce n'était pas la première fois. Gemma avait pris un grand chapeau de paille aux rubans marron, qui penchait sur ses yeux et protégeait du soleil presque tout son visage. L'ombre portée marquait un trait juste au-dessus des lèvres : elles avaient le rouge virginal et tendre des pétales de la rose à cent feuilles, et ses dents dont l'éclat parvenait à la dérobée avaient elles aussi l'ingénuité de l'enfance. Gemma prit place sur le siège arrière, à côté de Sanine ; Kluber et Émile s'assirent en face. La figure blême de Frau Lenore apparut à la fenêtre. Gemma agita un mouchoir, et les chevaux s'ébranlèrent.

XV

Soden est une petite ville, à une demi-heure de Francfort. Elle est située dans un beau pays, sur les contreforts du Taunus, et ses eaux sont connues chez nous en Russie pour leur efficacité, dit-on, contre les maux de poitrine. Les Francfortois s'y rendent surtout pour l'agrément, car Soden possède un parc magnifique et diverses

Wirtschaften[1] où l'on boit bière et café à l'ombre de tilleuls et d'érables de grande taille. La route de Francfort à Soden, qui suit la rive droite du Main, est entièrement bordée d'arbres fruitiers. Tandis que la voiture roulait sans encombre sur l'excellente chaussée, Sanine observait discrètement le comportement de Gemma envers son fiancé : il les voyait ensemble pour la première fois. *Elle* se tenait calme et simple, mais avec un peu plus de réserve et de sérieux qu'à l'accoutumée ; *lui* avait le regard condescendant du maître d'études qui aurait octroyé un honnête petit plaisir à ses élèves et à lui-même. Sanine ne releva pas chez lui, à l'égard de Gemma, de ces galanteries particulières que les Français qualifient d'« empressement ». On voyait bien que M. Kluber considérait l'affaire comme étant dans le sac, et que, par conséquent, il n'avait pas à se donner de la peine ni à se mettre martel en tête. Mais pas un instant il ne se départit de sa condescendance ! Même pendant la grande promenade d'avant le déjeuner dans les montagnes et vallées boisées au-delà de Soden et même quand il jouissait des splendeurs de la nature, il avait vis-à-vis de celle-ci toujours la même attitude où perçait de temps en temps le despotisme le plus ordinaire. Par exemple, il remarqua qu'un ruisseau traversait une combe en une ligne trop droite, à son goût, au lieu de décrire quelques méandres pittoresques ; il n'approuva pas non plus la manière d'un oiseau – un pinson – qui ne diversifiait pas assez ses trilles ! Gemma, apparemment, ne s'ennuyait pas et semblait même prendre du plaisir ; mais Sanine ne retrouvait pas en elle la Gemma d'avant : non pas qu'une ombre eût passé sur elle – jamais sa beauté n'avait été aussi radieuse – mais son âme s'était repliée sur elle-même, à l'intérieur. L'ombrelle ouverte, les mains encore gantées, elle marchait posément, sans hâte, comme les demoiselles de bonne famille, et parlait peu. Émile aussi éprouvait de l'embarras, et Sanine bien plus encore. D'ailleurs, il était un peu gêné que la conversation se tînt toute en allemand. Seul Tartaglia s'en donnait à cœur joie ! Il attaquait avec des aboiements furieux tous les merles de rencontre, sautait par-dessus fondrières, souches, racines d'arbres, s'élançait dans l'eau qu'il lapait en vitesse, s'ébrouait, jappait et filait de nouveau comme une flèche, la langue rouge rejetée sur l'épaule ! M. Kluber, pour sa part, faisait tout ce que bon lui semblait pour distraire la compagnie ; il proposa une halte à l'ombre d'un gros chêne ; là il sortit de sa poche un petit livre intitulé : *Knallerbsen, oder du sollst und wirst lachen !* (Pétards, ou bien tu dois rire et tu riras !) et se mit à lire les histoires drôles

1. Auberges.

dont ce livre était rempli. Il en lut une douzaine sans provoquer beaucoup de gaieté : Sanine seul grinçait des dents par convenance ; quant à M. Kluber, après chaque histoire, il produisait un rire bref, commercial, et toujours condescendant. À midi, la compagnie revint déjeuner dans la meilleure auberge de Soden.

Il fallait encore prendre les dispositions pour le repas.

M. Kluber voulait qu'il soit servi sous une pergola close de tous côtés, *im Gartensalon*, mais Gemma soudain s'insurgea et déclara qu'elle ne saurait déjeuner ailleurs que dehors, dans le jardin, à l'une des petites tables dressées devant l'auberge ; elle en avait assez d'être tout le temps avec les mêmes personnes et voulait en voir d'autres. Des groupes de clients venant d'arriver étaient déjà assis à ces tables.

Pendant que M. Kluber, qui s'était résigné au « caprice de sa fiancée », réglait l'affaire avec le maître d'hôtel, Gemma resta immobile, les yeux baissés, les lèvres pincées ; elle sentait que Sanine ne la lâchait pas des yeux comme pour lui demander quelque chose, et cela l'irritait sans doute. M. Kluber revint enfin et fit savoir que le repas serait prêt dans une demi-heure ; il proposait entre-temps de jouer aux quilles, parce que c'était excellent pour l'appétit, ha, ha, ha ! Il y jouait parfaitement ; quand il lançait la boule, il prenait une pose étonnamment gaillarde, faisait jouer ses muscles avec élégance, ses jambes aussi. En son genre c'était un athlète, et fort bien fait ! Ses mains, aussi, étaient si blanches et belles, et il les essuyait avec un foulard d'indienne, chamarré d'or, d'un luxe !

Le moment du déjeuner était arrivé. La compagnie prit place à une petite table.

XVI

Qui ignore ce qu'est un déjeuner allemand ? Un brouet clair avec des boulettes bulbeuses de pâte à la cannelle, du bouilli de bœuf, aussi sec qu'un coup de trique, servi avec la graisse blanchâtre qui y colle, avec des pommes de terre gluantes, des betteraves ventrues et du raifort mâchouillé, de l'anguille bleuie aux câpres et au vinaigre, du rôti à la confiture et l'inévitable *Mehlspeise*[1], une sorte de pouding avec un coulis rouge aigrelet ; en revanche, de la bière et

1. Entremets.

du vin extra ! C'est justement d'un tel repas que l'aubergiste de Soden régalait ses clients. Cela dit, le déjeuner lui-même se déroula normalement. Oh, on ne nota pas d'animation particulière, même quand M. Kluber leva son verre à « ce que nous aimons ! ». *(Was wir lieben !)* Tout était décent et convenable. Après le déjeuner on servit du café, du café clair, roussâtre, allemand quoi ! En bon cavalier, monsieur Kluber demanda à Gemma la permission d'allumer un cigare... C'est alors que se produisit un événement imprévisible, vraiment déplaisant, voire incongru !

À l'une des tables voisines avaient pris place des officiers de la garnison de Mayence. Leur façon de regarder et de chuchoter montrait sans ambiguïté qu'ils étaient frappés par la beauté de Gemma ; l'un d'eux, qui avait sans doute déjà visité Francfort, lui jetait à tout bout de champ des œillades comme s'il s'agissait d'une ancienne connaissance : à l'évidence, il savait qui elle était. Tout à coup il se leva et, le verre à la main – messieurs les officiers étaient fortement éméchés et on ne comptait plus les bouteilles sur leur table –, il s'approcha de Gemma. C'était un blondinet aux traits assez agréables et même sympathiques, mais le vin qu'il avait absorbé les avait altérés : des tics lui tiraient nerveusement les joues, il roulait des yeux injectés de sang et impertinents. Ses camarades tentèrent d'abord de le contenir, puis ils le laissèrent agir : advienne que pourra, qu'est-ce qu'on risque ?

Titubant légèrement, l'officier se planta devant Gemma et d'une voix qu'il voulait criarde et qui contre son gré trahissait un certain combat avec lui-même, il déclara : « Je bois à la santé de la plus belle cafetière de tout Francfort et du monde entier (il « siffla » son verre), et en gage je lui prends cette fleur cueillie de ses doigts divins ! » Il prit sur la table la rose couchée devant le couvert de Gemma. Pour elle, ce fut d'abord la stupeur, l'effroi, elle pâlit affreusement... Ensuite l'effarement céda à l'indignation, et brusquement elle rougit jusqu'aux oreilles, ses yeux rivés sur l'offenseur tour à tour s'assombrirent et s'enflammèrent, s'emplirent d'obscurité et s'embrasèrent de fureur. Ce regard avait dû troubler l'officier ; il bredouilla quelque chose d'incompréhensible, salua et rejoignit les siens. Il fut accueilli par des rires et des applaudissements timides.

M. Kluber bondit de sa chaise, se poussa du col, mit son chapeau, puis déclara avec dignité, mais pas très fort : « C'est inouï ! Une insolence inouïe ! » *(Unerhört ! Unerhörte Frechheit !)* et il appela le serveur pour avoir tout de suite l'addition... Ce ne fut pas tout : il fit atteler le landau, ajoutant que les honnêtes gens n'avaient rien à faire ici, car on les y insultait ! À ces mots, Gemma, qui était restée immobile sur sa chaise, le souffle court et le cœur battant, tourna les yeux vers M. Kluber... et le fixa exactement du même regard dont elle avait fixé l'officier. Émile, quant à lui, bouillait de rage.

« Levez-vous, mein Fräulein, poursuivit M. Kluber toujours du même ton sévère. Il est indécent de rester ici. Nous nous installerons là-bas, à l'intérieur de l'auberge ! »

Gemma se leva sans mot dire ; il lui tendit son bras en crochet et elle lui donna le sien, puis il se dirigea vers l'auberge d'une allure majestueuse qui, tout comme son maintien, gagnait en majesté au fur et à mesure qu'il s'éloignait de l'endroit de leur déjeuner. Le pauvre Émile était à la traîne.

Mais pendant que M. Kluber réglait la note au serveur, qu'il punit en ne lui donnant pas le moindre kreutzer de pourboire, Sanine s'approcha à pas rapides de la table où étaient assis les officiers et s'adressa à l'offenseur de Gemma (qui était en train de faire sentir la rose à ses camarades à tour de rôle), distinctement, en français :

« Ce que vous venez de faire, monsieur, est indigne d'un honnête homme, indigne de l'uniforme que vous portez, et je suis venu vous dire que vous êtes un effronté et un mufle ! »

Le jeune homme bondit sur place, mais un autre officier, plus âgé, l'arrêta d'un geste du bras, le fit s'asseoir, se retourna vers Sanine et lui demanda, également en français :

« Comment, vous êtes le parent, le frère ou le fiancé de cette demoiselle ?

— Je lui suis parfaitement étranger, s'exclama Sanine, je suis russe, mais je ne puis voir avec indifférence une telle audace ; voici d'ailleurs ma carte et mon adresse : monsieur l'officier saura me trouver. »

Là-dessus, Sanine lança sur la table sa carte de visite et s'empara promptement de la rose de Gemma, qu'un des officiers assis là avait laissée tomber dans son assiette. Le jeune homme voulut bondir de nouveau, mais son camarade le retint encore une fois : « Dönhof, du calme ! » *(Dönhof, sei still !)* Ensuite, cet officier, la main à la visière, dit à Sanine, non sans une nuance de respect dans la voix et les manières, que demain matin un officier de leur régiment aurait l'honneur de se présenter à son logis. Sanine répondit d'un bref salut et rejoignit à la hâte ses amis.

* *
*

M. Kluber fit mine de n'avoir remarqué ni l'absence de Sanine ni son explication avec MM. les officiers ; il harcelait le cocher qui attelait les chevaux, et il lui reprochait vivement sa lenteur. Gemma, de son côté, ne dit pas un mot à Sanine, elle ne lui jeta pas le moindre regard : le froncement de ses sourcils, la pâleur et la crispation de ses lèvres, sa passivité même dénotaient la mauvaise humeur. Seul Émile avait manifestement envie de parler à Sanine, envie de lui demander des explications, car il l'avait vu s'approcher des officiers, il l'avait vu leur tendre quelque chose de blanc – un bout de papier, un mot, une carte... Le pauvre garçon avait le cœur battant, il avait les joues en feu, il était prêt à se jeter au cou de Sanine, prêt à fondre en larmes ou aller sur-le-champ tailler en pièces tous ces affreux officiers ! Il se retint toutefois et se contenta d'épier tous les gestes de son noble ami russe.

Le cocher ayant enfin attelé, la compagnie monta en voiture. Émile suivit Tartaglia sur le siège avant ; il se sentait là plus à l'aise, cela lui épargnait un vis-à-vis pénible avec ce Kluber.

Pendant toute la route Herr Kluber pérora... et pérora seul ; personne, strictement personne ne lui répliquait, mais personne ne l'approuvait non plus. Il rappelait lourdement qu'on avait eu tort de ne pas l'écouter quand il proposait de déjeuner dans une gloriette fermée. Comme ça, on n'aurait pas eu d'ennuis ! Ensuite, il débita quelques réflexions tranchantes et même libérales sur le compte du gouvernement qui se permettait de choyer honteusement les officiers sans exiger d'eux de la discipline, et qui ne respectait pas assez l'élément civil de la société *(das bürgerliche Element der Sozietät !)* ; cette attitude engendrait à la longue des mécontentements qui étaient l'antichambre de la révolution ; dont la France (là, il poussa un soupir compatissant, mais sec) offrait le triste exemple ! Toutefois, il s'empressa d'ajouter que personnellement il vénérait l'autorité et que jamais... au grand jamais... il ne serait révolutionnaire, mais qu'il était incapable de ne pas manifester d'indignation devant pareil relâchement ! Il poursuivit avec quelques remarques générales sur la moralité et le dérèglement des mœurs, sur les convenances et le sentiment de dignité.

Pendant toutes ces péroraisons, Gemma, qui dès la promenade du matin ne semblait pas très contente de M. Kluber (et c'est pour cela qu'elle s'était tenue un peu à l'écart de Sanine dont la présence la gênait sans doute), eut manifestement honte de son fiancé ! À la fin de l'excursion, elle souffrait pour de bon, et tout en continuant de ne pas parler à Sanine, tout à coup elle lui adressa un regard suppliant... Pour sa part, Sanine éprouvait bien plus de pitié envers elle que d'indignation envers M. Kluber ; en son for intérieur, sans en avoir pleine conscience, il se réjouissait des événements de la journée, malgré l'éventualité d'une provocation en duel pour le lendemain matin.

Cette pénible « partie de plaisir[1] » arriva à son terme. Sanine, qui aidait Gemma à descendre de voiture, lui mit dans la main, sans dire un mot, la rose qu'il avait rapportée. Le visage de Gemma s'empourpra, elle pressa la main de Sanine et cacha tout de suite la fleur. Il ne voulait pas entrer dans la maison, bien que la soirée ne fît que commencer. Elle-même ne l'y invita pas. D'ailleurs, Pantaleone, qui était apparu à la porte, dit que Frau Lenore se reposait. Timidement Emilio souhaita bonsoir à Sanine qu'il semblait éviter, tant le personnage lui en imposait. Kluber le reconduisit à l'hôtel et prit congé de lui avec raideur. En dépit de son assurance, l'Allemand si bien organisé ne se sentait pas à l'aise. En fait, personne ne s'y sentait.

Au demeurant, ce sentiment, ce malaise, se dissipa rapidement chez Sanine. Il céda la place à une humeur indéfinissable, mais agréable et même exaltée. Il arpentait sa chambre, ne voulait penser à rien, sifflotait et était très content de lui.

XVII

« J'attendrai M. l'officier pour l'explication jusqu'à dix heures, se disait-il le lendemain matin pendant sa toilette, et après, il n'aura qu'à me chercher ! » Mais le peuple allemand se lève tôt : neuf heures n'avaient pas encore sonné que le garçon de l'hôtel fit savoir à Sanine que M. le sous-lieutenant von Richter souhaitait le rencontrer. Sanine enfila prestement sa redingote et donna l'ordre de le faire entrer. Sanine ne s'y attendait pas : M. von Richter était un homme fort jeune, presque un gamin ; il essayait de donner de l'importance à l'expression de son visage imberbe, mais sans aucun succès : il n'arrivait pas à cacher son trouble et quand il voulut s'asseoir sur une chaise, il manqua de tomber, car il s'était empêtré dans son sabre. Bégayant et balbutiant, il déclara à Sanine dans un mauvais français qu'il venait de la part de son ami, le baron von Dönhof ; sa mission consistait à exiger de M. von Zanine des excuses pour les propos offensants de la veille, et si M. von Zanine s'y refusait, le baron von Dönhof demanderait satisfaction ! Sanine

1. En français dans le texte.

répondit qu'il n'avait pas l'intention de présenter des excuses et qu'il était prêt à donner satisfaction. Alors M. von Richter, parlant toujours avec difficulté, demanda avec qui, à quelle heure et en quel lieu il devait mener les pourparlers nécessaires. Sanine répondit qu'il pourrait revenir dans deux heures environ et que pendant ce temps-là il rechercherait un second. « Flûte alors, qui vais-je bien pouvoir prendre ? » pensait-il. M. von Richter se leva et commença des courbettes... mais il s'arrêta sur le seuil de la porte, comme pris de remords, puis il se retourna vers Sanine et dit que son ami, le baron von Dönhof, se rendait bien compte... dans une certaine mesure... de sa responsabilité dans l'incident d'hier et que pour cette raison il se satisferait « des exghises léchères ». Sanine répliqua qu'il ne tenait nullement à faire des excuses, ni lourdes ni légères, car il ne se considérait pas comme coupable.

« Dans ce cas, riposta M. von Richter qui rougit encore plus, il faudra échanger des « goups de bistolet à l'amiaple » !

— Je n'y comprends rien du tout. Nous tirerons en l'air, c'est ça ?

— Oh non, pas ça, pas comme ça, murmura le sous-lieutenant qui avait perdu toute contenance, mais je pensais que l'affaire se réglant entre gens corrects... Je parlerai à votre second. » Il s'était lui-même coupé la parole et il partit.

Une seconde plus tard, Sanine se laissa tomber sur une chaise et fixa le sol des yeux. « Mais que se passe-t-il donc ? Quel tourbillon emporte soudain ma vie ? Le passé, l'avenir entier se sont estompés, et il ne reste plus qu'une chose : moi, à Francfort, j'ai un duel avec une certaine personne, pour une certaine affaire. » Il lui revint en mémoire une de ses tantes, une folle qui parfois se mettait à danser en fredonnant :

Lieutenant !
Mon concombre !
Mon p'tit amour !
Dansons, ma colombe !

Il éclata de rire et chanta comme elle : « Lieutenant... »

« Il faut agir, sans perdre de temps », s'exclama-t-il. Il bondit et aperçut devant lui Pantaleone, tenant un billet dans la main.

« J'ai frappé plusieurs fois, mais vous n'avez pas répondu. J'ai pensé que vous n'étiez pas chez vous. C'est de la part de la signorina Gemma. » Et il lui tendit le billet.

Sanine le prit machinalement, comme on dit, le décacheta et le lut. Elle lui écrivait qu'elle était fort inquiète au sujet de l'affaire qu'il savait, et qu'elle désirait le rencontrer sur l'heure.

« La signorina s'inquiète, dit Pantaleone qui visiblement était au courant du contenu du billet. Elle m'a ordonné de surveiller ce que vous faites et de vous amener chez elle. »

Sanine considéra un moment le vieil Italien et se mit à réfléchir. Une pensée subite lui traversa l'esprit. De prime abord, elle lui parut étrange au possible...

« Tiens donc... et pourquoi pas ? » se demanda-t-il.

« Monsieur Pantaleone ! » dit-il à voix haute.

Le vieillard tressaillit, enfonça son menton dans la cravate et fixa Sanine.

« Vous savez ce qui s'est passé hier ? »

Pantaleone remua les lèvres et secoua son énorme houppe.

« Je sais. »

(Émile, qui venait de rentrer, lui avait tout raconté.)

« Ah, vous savez ! Bon, alors voilà. Un officier sort à l'instant d'ici. Cet insolent me provoque en duel. J'ai relevé le défi, mais je n'ai pas de second. Est-ce que vous accepteriez d'être mon... ? »

Pantaleone sursauta et fronça si haut les sourcils qu'ils disparurent sous les boucles de ses cheveux.

« Vous devez sans faute vous battre ? dit-il enfin en italien ; jusqu'alors il avait parlé français.

— Sans faute. Agir autrement serait se couvrir à jamais de honte.

— Hum ! Si je n'accepte pas de vous servir de second, vous allez en chercher un autre ?

— Oui... Sans faute. »

Pantaleone baissa les yeux.

« Permettez-moi de vous demander, signor de Tsanini, votre duel ne va-t-il pas jeter une ombre vilaine sur la réputation d'une certaine personne ?

— Je ne pense pas, mais de toute façon, il n'y a rien à faire !

— Hum ! (Pantaleone disparut entièrement dans son nœud de cravate.) Mais ce *ferroflucto Kluberio*, que fait-il ? » s'écria-t-il soudain en dressant la tête.

« Lui ? Rien.

— *Che !* (Pantaleone haussa les épaules en signe de mépris.) En tout cas, je dois vous remercier, dit-il enfin d'une voix hésitante, de reconnaître en moi un honnête homme, *un galant' uomo*, malgré l'état humiliant qui est le mien ! Agissant ainsi vous vous êtes vous-même conduit en vrai *galant' uomo*. Mais je dois réfléchir à votre proposition.

— C'est urgent, cher monsieur Ci... cippa...

— Tola, lui souffla l'Italien. Je ne vous demande qu'une heure de réflexion. La fille de mes bienfaiteurs est mêlée à l'affaire... aussi je dois, je suis obligé de... réfléchir ! Vous saurez ma décision dans une heure, dans trois quarts d'heure.

— Bien, j'attendrai.

— Et maintenant... quelle réponse dois-je donner à la signorina Gemma ? »

Sanine écrivit sur un papier : « Soyez rassurée, ma chère amie, je viendrai chez vous dans trois heures et tout s'éclaircira. Je vous remercie du fond du cœur pour votre sympathie », et il remit le billet à Pantaleone.

Celui-ci le rangea soigneusement dans sa poche de côté, répéta encore « Dans une heure ! » et il allait passer la porte quand brusquement il fit volte-face, courut vers Sanine, lui saisit une main qu'il serra contre son jabot. Puis il leva les yeux au ciel et s'écria : « Noble jeune homme ! Grand cœur ! *(Nobil giovanotto ! Gran cuore !)* Permettez à un faible vieillard *(a un vechiotto !)* de serrer votre dextre valeureuse ! *(la vostra valorosa destra !)* »

Il fit un petit saut en arrière, avec un moulinet des bras, et s'éloigna.

Sanine le suivit du regard... il prit un journal, mais ses yeux parcouraient en vain les lignes : il ne comprenait rien.

XVIII

Une heure plus tard, le garçon de l'hôtel tendit à Sanine une vieille carte de visite tachée où l'on pouvait lire : « Pantaleone Cippatola, de Varèse, chanteur de la cour *(cantante di camera)* de Son Altesse Royale le Duc de Modène. » Quelques instants après, Pantaleone apparut en personne. Il s'était changé des pieds à la tête. Il portait un habit dont le noir cédait au roux et un gilet de piqué blanc sur lequel une chaînette de tombac décrivait des méandres bizarres ; un lourd cachet de cornaline pendait sur un étroit pantalon noir à braguette. De la main droite il tenait un chapeau, noir aussi, en poil de lièvre ; dans la gauche, des gants de chamois ; il s'était fait un nœud de cravate encore plus large et plus haut que d'habitude, et il avait piqué dans son jabot empesé une épingle avec une pierre appelée « œil de chat ». À l'index droit il portait une bague faite de deux mains enlaçant un cœur ardent. Toute sa personne dégageait une odeur de renfermé, une odeur de camphre et de musc ; la gravité solennelle de son maintien aurait frappé le plus indifférent des observateurs. Sanine alla à sa rencontre.

« Je suis votre second, dit en français Pantaleone en s'inclinant très bas, la pointe des pieds écartée à la façon des danseurs. Je suis là pour connaître vos instructions. Désirez-vous vous battre sans merci ?

— Pourquoi sans merci, mon cher monsieur Cippatola ! Pour rien au monde je ne retirerais mes paroles d'hier, mais je ne suis pas un sanguinaire.. ! Attendez un peu, le témoin de mon adversaire doit venir. Je passerai dans la pièce voisine pendant que vous vous mettrez d'accord. Croyez que je n'oublierai jamais votre obligeance et que je vous remercie de tout mon cœur !

— L'honneur avant tout ! répondit Pantaleone qui s'assit dans un fauteuil sans que Sanine l'y eût invité. Si ce *ferroflucto spicebubbio* (il mélangeait l'allemand et l'italien), si cet épicier de *Kluberio* n'a pas su comprendre quel était son premier devoir, ou s'il a eu la frousse, tant pis pour lui ! Une âme vile, et basta ! En ce qui concerne les conditions du duel, je suis votre second et vos intérêts me sont sacrés ! Quand j'étais à Padoue un régiment de dragons blancs stationnait dans la ville et j'étais l'ami de nombreux officiers ! Leur code d'honneur m'est donc familier. Avec votre *principe Tarbuski* aussi, j'ai souvent parlé de ces questions... L'autre second doit venir bientôt ?

— Je l'attends d'une minute à l'autre. Tenez, le voilà en personne, dit Sanine qui venait de jeter un coup d'œil dans la rue. »

Pantaleone se leva, regarda l'heure, arrangea sa houppe, rentra dans sa chaussure un bout de lacet qui dépassait de son pantalon. Le jeune sous-lieutenant entra, toujours aussi rouge et gauche.

Sanine présenta les témoins l'un à l'autre.

« Monsieur Richter, sous-lieutenant ! Monsieur Zippatola, artiste ! »

L'officier fut quelque peu surpris à la vue du vieil homme... Oh, qu'aurait-il dit si on lui avait à cet instant murmuré à l'oreille que l'« artiste » à lui présenté pratiquait aussi l'art culinaire ! Mais Pantaleone prit la mine de quelqu'un pour qui l'organisation d'un duel est une affaire banale ; les souvenirs de sa carrière théâtrale l'y avaient certainement aidé ; en tout cas, il jouait vraiment son rôle de témoin comme à la scène. Les deux hommes se turent un moment.

« Eh bien ? Allons-y ! déclara Pantaleone en jouant avec sa breloque de cornaline.

— Allons-y, répondit le sous-lieutenant. Mais... la présence d'un des adversaires...

— Je vous laisse tout de suite, messieurs », dit Sanine qui salua et entra dans sa chambre dont il ferma la porte derrière lui.

Il se laissa tomber sur le lit et pensa à Gemma... mais la conversation des témoins lui parvenait à travers la porte close. Elle avait lieu en français ; tous deux malmenaient affreusement cette langue, chacun à sa manière. Pantaleone reparla des dragons de Padoue, du *principe Tarbuski*, l'Allemand des « exghises léchères » et des « goups à l'amiaple ». Cependant le vieux ne voulait pas en entendre parler ! À la consternation de Sanine, il entreprit soudain l'Allemand au sujet d'une certaine demoiselle jeune et innocente dont le *péti doa vale piu que toutt le zouffissié del mondo !* et répéta plusieurs fois vivement : *E ouna onta, ouna onta !* D'abord le sous-lieutenant le laissa parler, puis d'une voix frémissant de colère il lui précisa qu'il n'était pas là pour recevoir des leçons de morale...

« À votre âge il est toujours bon d'entendre des vérités ! » s'exclama Pantaleone.

Le débat entre messieurs les témoins fut tumultueux à plusieurs reprises ; il dura plus d'une heure et aboutit enfin aux conclusions suivantes : duel au pistolet entre le baron von Dönhof et monsieur de Sanine, demain, à dix heures du matin, dans un petit bois près de Hanau, à la distance de vingt pas ; chacun aura le droit de tirer deux fois au signal donné par les témoins ; pistolets sans double détente et à canon non rayé. M. von Richter partit et Pantaleone qui avait ouvert solennellement la porte de la chambre, annonça le résultat de la négociation et s'exclama de nouveau : « *Bravo, Russo ! Bravo, giovanotto !* Tu seras le vainqueur ! »

Quelques minutes plus tard ils se rendirent à la confiserie Roselli. Au préalable Sanine avait fait promettre à Pantaleone de tenir l'histoire du duel dans le plus grand secret. Pour toute réponse le vieil homme cligna simplement d'un œil, levant un doigt et chuchotant deux fois de suite : « *Segretezza !* » Manifestement il avait rajeuni et avait repris des allures plus libres. Tous ces événements peu ordinaires, bien que fâcheux, l'avaient vivement ramené à l'époque où lui-même lançait ou relevait des défis, au théâtre, il est vrai. On sait que sur scène les barytons aiment bien se dresser sur leurs ergots.

XIX

Émile se précipita à la rencontre de Sanine, qu'il guettait depuis plus d'une heure, et lui murmura rapidement à l'oreille que leur mère ignorait tout de la mésaventure d'hier et qu'il ne fallait même pas y faire allusion ; en outre, on le renvoyait au magasin ! Mais il n'y irait pas, il se cacherait quelque part ! Il dit tout cela en quelques secondes, puis se blottit subitement contre l'épaule de Sanine, l'embrassa furtivement et fila dans la rue. Gemma accueillit Sanine dans la boutique ; elle voulut lui dire quelque chose, mais ne le put. Un léger frisson parcourait ses lèvres, ses yeux papillotaient et tournaient dans tous les sens. Il s'empressa de la tranquilliser en lui assurant que l'histoire avait fini en... queue de poisson.

« Personne n'est venu chez vous aujourd'hui ? demanda-t-elle.

— Si, quelqu'un est venu... Nous nous sommes expliqués et nous... nous sommes parvenus à un résultat fort satisfaisant. »

Gemma retourna au comptoir.

« Elle ne m'a pas cru ! » se dit-il. Cependant il passa dans la pièce voisine où il trouva Frau Lenore.

Sa migraine était passée, mais elle était d'humeur chagrine. Elle l'accueillit avec cordialité, tout en le prévenant qu'aujourd'hui il s'ennuierait avec elle, car elle n'était pas en état de lui tenir compagnie. Il s'assit près d'elle et remarqua qu'elle avait les paupières rouges et gonflées.

« Qu'avez-vous, Frau Lenore ? Vous avez pleuré ?

— Chut... murmura-t-elle en tournant la tête du côté de la boutique où était Gemma. Ne dites pas ça... à haute voix.

— Mais pourquoi avez-vous donc pleuré ?

— Ah, mossio Sanine, je ne sais même pas !

— Personne ne vous a fait de la peine ?

— Oh non !... J'ai brusquement ressenti un grand ennui. J'ai repensé à Giovan' Battista... à ma jeunesse... Comme tout a passé vite. Je me fais vieille, mon ami, et je n'arrive pas à en prendre mon parti. En apparence je reste toujours la même... mais la vieillesse, elle est là, elle est là ! (Ses yeux s'embuèrent.) Je le vois, vous me regardez et vous vous étonnez... Mais vous aussi, mon ami, vous vieillirez et vous saurez combien c'est amer ! »

Sanine entreprit de la consoler, il lui rappela ses enfants en qui se réincarnait sa propre jeunesse, il essaya même de la taquiner : elle faisait ça pour qu'on la complimente... Mais elle le pria très sérieusement d'« arrêter » et il eut pour la première fois la conviction qu'il était impossible d'adoucir et de dissiper pareille tristesse, la tristesse de la personne qui a pris conscience de sa vieillesse ; il faut attendre que ce sentiment passe de lui-même. Il lui proposa de jouer au *tresette*, et ce fut une fameuse idée. Elle accepta sur-le-champ et sembla se dérider.

Sanine joua avec elle jusqu'au déjeuner et après le déjeuner. Pantaleone joua aussi. Jamais sa houppe n'était tombée si bas sur son front, jamais son menton ne s'était si profondément engoncé dans sa cravate ! Il mettait dans chacun de ses gestes tant de hauteur et d'importance qu'on ne pouvait s'empêcher de se demander quel secret il gardait si jalousement ?

Mais *segretezza è segretezza* !

Tout au long de cette journée il cherchait toutes les occasions de manifester son profond respect pour Sanine : à table, sous le nez des dames, il lui passait les plats en premier d'un air solennel et péremptoire ; pendant le jeu, il lui cédait son tour de donne et ne le mettait pas en difficulté ; il déclarait sans rime ni raison que le peuple russe est le plus généreux, le plus brave et le plus énergique au monde !

« Ah, le vieux cabotin ! » se disait Sanine.

Ce n'était pas l'humeur versatile de Mme Roselli qui le surprenait tant, mais plutôt le comportement de sa fille à son égard. Certes, elle ne le fuyait pas... au contraire, elle s'asseyait toujours près de lui, elle l'écoutait attentivement, elle le regardait ; mais elle n'était pas décidée à entamer la conversation avec lui, et dès qu'il lui adressait la parole, discrètement elle se levait et s'éloignait pour quelques instants. Puis elle réapparaissait et se rasseyait dans un coin, comme plongée dans une méditation ou plutôt comme envahie par le doute. Frau Lenore remarqua à la fin cette attitude singulière et lui demanda deux ou trois fois ce qu'elle avait.

« Rien, tu sais bien, il m'arrive d'être comme ça.

— C'est vrai », reconnaissait sa mère.

Toute cette longue journée passa ainsi, ni animée ni vide, ni gaie ni ennuyeuse. Si Gemma s'était comportée autrement, qui sait si Sanine n'aurait pas cédé à la tentation de se poser avantageusement ou alors il se serait abandonné au sentiment de tristesse qui précède une séparation éventuelle, voire éternelle ? Mais comme il n'eut même pas à parler une seule fois avec elle, il dut se contenter de jouer au pianoforte des accords mineurs pendant une quinzaine de minutes, avant le café du soir.

Émile rentra tard et se retira promptement afin d'éviter des questions concernant M. Kluber. Pour Sanine aussi il était temps de partir.

Il prit congé de Gemma. Il se souvint sans savoir pourquoi des adieux de Lenski et d'Olga dans *Eugène Onéguine*. Il lui serra fortement la main et essaya de lire sur son visage, mais elle se détourna légèrement et dégagea ses doigts.

XX

Le ciel était déjà entièrement constellé quand il sortit de la maison. Il y en avait partout, de ces étoiles, des grandes, des petites, des jaunes, des bleues, des blanches ! Et de quel feu elles brûlaient toutes, et quelle profusion, quel concours radieux ! Bien qu'il n'y eût point de lune, le moindre objet était parfaitement visible dans ce clair-obscur sans ombres. Sanine alla jusqu'au bout de la rue... Il n'avait pas envie de rentrer tout de suite chez lui ; il avait besoin de respirer l'air pur. Il revint sur ses pas et il avait à peine rejoint la maison abritant la confiserie Roselli que s'ouvrit tout à coup une des fenêtres donnant sur la rue, et qu'une silhouette féminine apparut dans le rectangle noir (la chambre n'était pas éclairée) ; il entendit qu'on l'appelait :

« Monsieur Dimitri ! »

Il se précipita vers la fenêtre... Gemma !

Penchée en avant, elle était accoudée sur l'appui de la fenêtre.

« Monsieur Dimitri, commença-t-elle d'une voix mesurée. Pendant toute cette journée j'ai voulu vous donner une chose... mais je ne m'y suis pas résolue. Maintenant que contre toute attente je vous revois, j'ai pensé que sans doute le sort le voulait... »

Malgré elle Gemma s'arrêta sur ce dernier mot. Elle ne pouvait poursuivre, car un phénomène peu ordinaire venait de se produire.

Brusquement, le silence absolu, la clarté totale du ciel furent bouleversés par un coup de vent tel que la terre sembla trembler sous les pieds, que la fine lumière des étoiles se mit à clignoter et à se disperser, l'air à tourner. Le tourbillon pas froid du tout, et même presque brûlant, s'abattit sur les arbres, le toit de la maison, ses murs, la rue ; il arracha aussitôt le chapeau de Sanine, souleva et défit les boucles de Gemma. La tête de Sanine arrivait au niveau de l'appui de la fenêtre ; instinctivement il s'y accrocha, Gemma le saisit de ses deux mains par les épaules et serra sa poitrine contre son visage. Le souffle, le fracas et le grondement durèrent près d'une minute... La bourrasque déchaînée passa en trombe tel un vol d'énormes oiseaux... De nouveau un silence absolu régnait.

Sanine leva la tête et aperçut au-dessus de lui un visage merveilleux, effrayé et bouleversé, des yeux si énormes, terribles et splendides, une telle beauté que son cœur défaillit ; il pressa ses lèvres contre une fine mèche des cheveux de Gemma et put dire seulement :

« Oh, Gemma !

— Qu'est-ce que c'était ? La foudre ? demanda-t-elle en promenant ses regards tout autour d'elle, sans retirer ses bras nus des épaules de Sanine.

— Gemma ! » répéta-t-il.

Elle tressaillit, se retourna vers la chambre et d'un geste rapide tira de son corsage une rose déjà flétrie qu'elle lança à Sanine.

« C'était cette fleur que je voulais vous donner... »

Il reconnut la rose qu'il avait reconquise la veille...

Mais la fenêtre s'était refermée et derrière la vitre sombre plus rien ne blanchoyait.

Sanine rentra chez lui sans chapeau... Il n'avait même pas remarqué qu'il l'avait perdu.

XXI

Il s'endormit au petit jour. Rien d'étonnant, d'ailleurs ! Sous le coup de cette fulgurante tourmente d'été, il fut frappé lui aussi à la vitesse de l'éclair par l'impression non pas que Gemma était belle et qu'elle lui plaisait – ça, il le savait déjà – mais que peut-être il... l'aimait ! Aussi rapide que la bourrasque, l'amour avait fondu sur lui. Et maintenant ce duel idiot ! De funestes pressentiments l'assaillirent. Bon, supposons qu'il ne sera pas tué... Qu'adviendra-t-il de cet amour pour cette fille, la fiancée d'un autre ? Admettons même que cet « autre » ne soit pas à redouter, que Gemma l'aimera ou bien qu'elle l'aime déjà... Qu'en sortira-t-il ? Allons donc, une telle beauté...

Il arpentait sa chambre, s'asseyait au bureau, prenait une feuille de papier, y crayonnait quelques lignes qu'il rayait immédiatement... Il revoyait la silhouette saisissante de Gemma à sa fenêtre obscure, à la lueur des étoiles, Gemma tout ébouriffée par le souffle chaud ; il revoyait ses bras de marbre semblables à ceux des déesses de l'Olympe, il ressentait leur poids de chair sur ses épaules... Puis il prenait la rose qui lui avait été lancée et il trouvait que ses pétales à demi fanés dégageaient un autre parfum, plus fin encore que le parfum habituel des roses...

« Et tout à coup il devrait être tué ou estropié ? »

Il ne se mit pas au lit, il s'endormit tout habillé sur le divan.

* *
*

Quelqu'un lui tapa sur l'épaule...

Il ouvrit les yeux et aperçut Pantaleone.

« On dort comme Alexandre de Macédoine à la veille de la bataille de Babylone, s'exclama le vieil homme.

— Quelle heure est-il donc ? demanda Sanine.

— Sept heures moins le quart ; il y a deux heures de chemin jusqu'à Hanau et nous devons être les premiers sur le terrain. Les Russes devancent toujours leurs ennemis ! J'ai pris la meilleure voiture de Francfort ! »

Sanine commença sa toilette.

« Et les pistolets, où sont-ils ?

— C'est le *ferroflucto tedesco* qui les apportera. Il amènera aussi un médecin. »

Visiblement, Pantaleone se donnait du courage, comme hier ; mais quand il fut monté dans la voiture avec Sanine, quand le cocher fit claquer son fouet et que les chevaux s'élancèrent au galop, l'ancien chanteur et ami des dragons de Padoue changea subitement. Il perdit contenance et le cœur lui manqua. En lui quelque chose s'était effondré, comme un mur mal construit.

« Mais qu'est-ce que nous sommes en train de faire, grand Dieu, *santissima Madonna* ! proféra-t-il d'une voix brusquement larmoyante en s'arrachant les cheveux. Qu'est-ce que je fais, moi, vieil imbécile, un fou, *frenetico* ? »

D'étonnement Sanine éclata de rire, puis il le prit gentiment par la taille et lui rappela le proverbe français : *Le vin est tiré, il faut le boire*.

« Oui, oui, répondit le vieux, la coupe, nous la boirons ensemble, mais il n'empêche que je suis un fou ! Je suis un fou ! Tout était si tranquille, si bien... et d'un seul coup, ta,ta,ta, taratata !

— Comme un tutti à l'orchestre, nota Sanine avec un sourire forcé. Ce n'est pas vous le fautif.

— Je sais que ce n'est pas moi ! Heureusement ! Il n'empêche... c'est un coup d'une audace folle. *Diavolo ! Diavolo !* » répéta Pantaleone, agitant sa houppe et soupirant.

Mais la voiture roulait, roulait.

La matinée était suave. Les rues de Francfort, qui tout juste reprenaient vie, semblaient si propres et accueillantes, les vitres des fenêtres chatoyaient comme du papier d'argent ; dès que l'équipage eut franchi la barrière de la ville, d'en haut, du ciel d'un bleu encore mat, les alouettes égrenèrent leurs trilles sonores. Soudain, une silhouette familière apparut dans un tournant, près d'un grand peuplier, elle fit encore quelques pas et s'arrêta. Sanine regarda attentivement... Seigneur Jésus ! Émile !

« Serait-il au courant ? demanda-il à Pantaleone.

— Je vous le dis, je suis un fou, hurla presque le pauvre Italien désespéré. Ce malheureux gosse ne m'a pas laissé de répit de toute la nuit, et ce matin, je lui ai tout révélé ! »

« Drôle de *segretezza* ! » pensa Sanine.

La voiture avait rattrapé Émile. Sanine ordonna au cocher d'arrêter les chevaux et il appela le « malheureux gosse ». Émile approcha à pas hésitants, pâle, pâle comme au jour de son évanouissement. Il tenait à peine debout.

« Que faites-vous ici lui demanda sévèrement Sanine. Pourquoi n'êtes-vous pas à la maison ?

— Permettez-moi, permettez-moi d'aller avec vous, murmura le garçon d'une voix tremblante, les mains jointes ; il claquait des dents comme sous le coup de la fièvre. Je ne vous gênerai pas, mais prenez-moi !

— Si vous avez pour moi un soupçon d'attachement ou de considération, déclara Sanine, rentrez tout de suite chez vous ou au magasin de M. Kluber, et ne dites pas un mot à qui que ce soit, en attendant mon retour !

— Votre retour, gémit Émile dont la voix siffla et se cassa, mais si vous...

— Émile ! l'interrompit Sanine en montrant des yeux le cocher, reprenez-vous ! Émile, s'il vous plaît, rentrez à la maison ! Obéissez-moi, mon ami ! Vous dites vous-même que vous m'aimez. Allez, je vous le demande ! »

Il lui tendit la main. Émile chancela, poussa un sanglot, pressa la main contre ses lèvres et, d'un bond hors du chemin, il courut à travers champs en direction de Francfort.

« Un noble cœur, lui aussi », balbutia Pantaleone, mais Sanine lui jeta un regard maussade... Le vieil homme s'enfonça dans un coin de la voiture. Il comprenait sa faute ; qui plus est, sa stupeur s'accroissait à chaque instant : était-ce bien *lui* qui s'était fait témoin, lui qui s'était procuré l'équipage et avait quitté sa paisible demeure à six heures du matin ? En outre, il avait mal aux jambes, une douleur lancinante.

Sanine jugea utile de le réconforter et il sut comment s'y prendre, avec les mots qu'il fallait :

« Où donc est passé votre allant de tout à l'heure, honorable signor Cippatola ? Où est l'*antico valor* ? »

Signor Cippatola se redressa et se renfrogna.

« *Il antico valor ?* proclama-t-il d'une voix de basse, *non è ancora spento* (pas encore perdue), *il antico valor !* »

Il se tint droit comme un *I*, se mit à parler de sa carrière, de l'opéra, du grand ténor Garcia, et arriva en brave à Hanau. Quand on y pense, rien au monde n'est plus fort... ou plus faible que les mots !

XXII

Le bois où devait avoir lieu le combat singulier se trouvait à un quart de mile de Hanau. Sanine et Pantaleone arrivèrent les premiers, comme prévu ; ils dirent au cocher d'attendre à l'orée et s'engagèrent dans l'ombre de fourrés assez épais. Il leur fallut attendre près d'une heure.

Cela ne parut pas particulièrement pénible à Sanine ; il faisait les cent pas sur le sentier ; écoutait le chant des oiseaux, observait le vol des libellules et, comme la plupart des Russes dans de telles circonstances, il s'efforçait de ne pas penser. Une fois seulement il fut pris d'hésitation : il était tombé sur un jeune tilleul abattu certainement par la tempête d'hier. L'arbre mourait vraiment... toutes ses feuilles dépérissaient. « Qu'est-ce ? Un présage ? » ; cette idée lui avait traversé l'esprit, mais tout de suite il se mit à siffloter, sauta par-dessus le tilleul, et prit le sentier. Pantaleone, de son côté, bougonnait, jurait contre les Allemands, geignait en se frottant tantôt le dos, tantôt les genoux. Il bâillait même d'émotion, ce qui donnait une expression des plus comiques à son visage menu et ratatiné. En le regardant, Sanine faillit éclater de rire.

Enfin, on entendit un bruit de roues sur le chemin meuble. « Les voilà ! » dit Pantaleone qui se mit sur ses gardes et se redressa, non sans un spasme nerveux qu'il s'empressa de masquer en poussant un « brrrr ! » et en remarquant que cette matinée était passablement fraîche. Une abondante rosée inondait l'herbe et les feuilles, mais la chaleur commençait à pénétrer dans le bois.

Deux officiers apparurent bientôt sous la voûte de verdure ; ils étaient accompagnés d'un petit bonhomme trapu au visage flegmatique, presque endormi, le médecin militaire. Dans une main il portait une cruche en terre avec de l'eau, à tout hasard ; une sacoche d'instruments de chirurgie et de pansements pendait à son épaule gauche. On voyait qu'il était parfaitement à l'aise dans ce genre d'équipée ; elles constituaient pour lui une source de revenus : chaque duel lui rapportait huit ducats d'or, quatre ducats par partie belligérante. M. von Richter portait un écrin avec des pistolets, M. von Dönhof agitait dans sa main une petite cravache, sans doute pour la frime.

« Pantaleone, souffla Sanine au vieux, si je... si je suis tué – tout peut arriver –, sortez de ma poche de côté un papier, j'y ai enveloppé une fleur, et vous la donnerez à la signorina Gemma. Vous entendez ? C'est promis ? »

L'Italien le considéra tristement et acquiesça de la tête... Mais Dieu sait s'il avait compris ce que lui demandait Sanine.

Selon la coutume, adversaires et seconds se saluèrent ; seul le docteur ne sourcilla pas et s'assit en bâillant sur l'herbe avec l'air de dire : « Je n'en ai rien à faire, moi, de vos échanges courtois et chevaleresques » ; M. von Richter proposa à M. *Tschibadola* de choisir un emplacement ; M. *Tschibadola* répondit d'une langue pâteuse (le « mur » en lui s'était de nouveau écroulé) : « Allez-y vous, monsieur, je vous regarderai... ».

M. von Richter se mit à l'œuvre. Il ne fut pas long à trouver dans la forêt une clairière exquise, un vrai parterre de fleurs ; il mesura les pas, marqua par des bâtons taillés à la va-vite les limites du champ clos, tira de la mallette les pistolets, s'accroupit pour charger les balles ; bref, il se donnait énormément de mal et à chaque instant il épongeait la sueur de son visage avec un mouchoir blanc. Pantaleone qui l'accompagnait avait plutôt l'air transi. Pendant tous ces préparatifs les deux adversaires se tenaient à bonne distance ; on aurait dit deux écoliers mis au piquet et boudant leur précepteur.

L'instant fatal arriva...

Chacun prit son pistolet[1]...

Là, M. von Richter fit remarquer à Pantaleone qu'en qualité d'aîné il lui revenait, selon le code du duel, avant de prononcer le fatidique « un, deux, trois ! », d'adresser aux adversaires un dernier conseil et un appel à se réconcilier ; bien sûr, cela n'avait jamais abouti et ce n'était qu'une simple formalité ; cependant, en l'accomplissant, M. Cippatola se déchargeait d'une part de responsabilité ; cette allocution rentrait dans les obligations directes de celui qu'on appelle le « témoin impartial » *(unparteiischer Zeuge)*,

1. Citation tirée de *Eugène Onéguine*.

mais comme il n'y en avait pas ici, alors, lui, M. von Richter, renonçait volontiers à ce privilège en faveur de son honorable confrère. Pantaleone qui avait réussi à se dissimuler derrière un buisson pour ne pas voir l'officier offenseur ne comprit d'abord rien au discours de M. von Richter, d'autant plus que celui-ci avait parlé du nez ; mais brusquement il se secoua, s'avança lestement et, tout en se martelant nerveusement la poitrine des mains, il cria d'une voix enrouée, dans son sabir : « Ah, la, la, la... *Che bestialitá ! Deux zeun'ommes comme ça qué si battono – perché ? Che diavolo ? Andate a casa !* »

« Je ne suis pas d'accord pour la réconciliation, dit hâtivement Sanine.

— Moi non plus, je ne suis pas d'accord, reprit son adversaire.

— Alors criez : un, deux, trois ! » dit von Richter à Pantaleone désemparé.

Celui-ci replongea immédiatement dans les buissons et, de là, il cria, tout recroquevillé, les yeux fermés et détournant la tête, mais à tue-tête :

« *Una... due... e tre !* »

Sanine tira le premier et rata la cible. Sa balle ricocha contre un arbre. Le baron Dönhof tira tout de suite après, délibérément de côté, en l'air.

Un silence pesant s'installa... Personne ne bougeait. Pantaleone poussa un faible gémissement.

« Vous plaît-il de continuer ? demanda Dönhof.

— Pourquoi avez-vous tiré en l'air ? demanda à son tour Sanine.

— Ce n'est pas votre affaire.

— Vous tirerez une deuxième fois en l'air ?

— Peut-être ; je ne sais pas.

— Permettez, permettez, messieurs... intervint von Richter, les adversaires n'ont pas le droit de parler entre eux. C'est tout à fait contraire au règlement.

— Je renonce à mon coup, dit Sanine en jetant son pistolet par terre.

— Je n'ai pas non plus l'intention de continuer le duel, s'écria Dönhof qui jeta aussi son arme. De plus, je suis prêt maintenant à reconnaître que j'ai eu tort, avant-hier. »

Il hésita, puis il tendit timidement la main. Sanine accourut vers lui et la lui serra. Les deux jeunes hommes se regardèrent en souriant, et leurs visages reprirent des couleurs.

« *Bravi, bravi !* » trompeta soudain Pantaleone comme fou, sortant en trombe du buisson ; quant au docteur, qui s'était assis à l'écart sur un tronc d'arbre, il se leva sur-le-champ, vida l'eau de la cruche et partit en se dandinant vers la lisière du bois.

« L'honneur est sauf et le duel est terminé ! proclama von Richter.

— *Fuori*[1] *!* », cria par vieille habitude Pantaleone.

* *
*

Après un échange de saluts avec les officiers, Sanine remonta dans la voiture ; certes, il éprouvait dans tout son être sinon de la satisfaction, du moins un certain soulagement, comme après une opération ; mais un autre sentiment s'éveilla en lui, un sentiment proche de la honte... Ce duel, où il venait de jouer son rôle, lui apparut comme une mystification, une sinistre parodie montée de toutes pièces, une mauvaise farce d'officiers ou un canular d'étudiants. Il se rappela le docteur flegmatique, il revit son sourire, ou plutôt sa grimace, quand celui-ci avait aperçu Sanine sortant du bois quasiment bras dessus bras dessous avec le baron von Dönhof. Et aussi quand Pantaleone payait à ce même docteur ses quatre ducats... Ah là là ! Que c'était moche !

Oui, Sanine avait un peu mauvaise conscience et honte... mais, d'autre part, qu'aurait-il pu faire ? Quoi, laisser impunie l'insolence du jeune officier, se comporter à l'image de M. Kluber ? Il avait pris le parti de Gemma, il l'avait défendue... Parfait ! Néanmoins il était tourmenté, il avait mauvaise conscience, et même honte.

Pantaleone, lui, triomphait ! D'un coup il se sentait tout fier. Le général rentrant victorieux du champ de la bataille gagnée ne promènerait pas autour de lui des regards plus suffisants. La conduite de Sanine pendant le duel le plongeait dans l'extase. Il le célébrait en héros et ne voulait entendre ni ses exhortations ni même ses prières. Il le comparait à un monument de marbre ou de bronze, à la statue du Commandeur dans *Dom Juan* ! Pour sa part il avouait avoir ressenti un certain désarroi. « Moi je suis un artiste, je suis d'une nature nerveuse ; vous, vous êtes fils des neiges et des rocs de granit. »

Sanine ne savait décidément pas comment calmer l'artiste déchaîné.

* *
*

1. Cri de satisfaction des spectateurs au théâtre.

Presque au même endroit où deux heures plus tôt ils étaient tombés sur Émile, ils virent ce dernier bondir de sa cachette derrière un arbre, un cri de joie aux lèvres, agitant sa casquette et sautant en l'air ; il se précipita vers la voiture, faillit passer sous une roue et, sans attendre que le cocher arrêtât les chevaux, se hissa par-dessus la portière et dévora Sanine des yeux.

« Vous êtes vivant, vous n'êtes pas blessé ! Pardonnez-moi, je ne vous ai pas obéi, je ne suis pas retourné à Francfort... Je ne pouvais pas ! Je vous ai attendu ici... Racontez-moi ce qui s'est passé. Vous l'avez... tué ? »

Sanine eut du mal à l'apaiser et à le faire asseoir.

Dans un torrent de paroles, Pantaleone lui narra avec un plaisir évident tous les détails du duel et ne se priva pas d'évoquer de nouveau le monument de bronze et la statue du Commandeur ! Il se leva même de sa place et, les jambes écartées pour l'équilibre, les bras croisés sur la poitrine, jetant un regard torve et dédaigneux par-dessus son épaule, il était le Commandeur Sanine en chair et en os ! Émile écoutait pieusement le récit et de temps en temps il l'interrompait par des exclamations ou se soulevait rapidement pour embrasser son héroïque ami.

Les roues de la voiture résonnèrent sur le pavé de Francfort et s'immobilisèrent enfin devant l'hôtel de Sanine.

Avec ses deux compagnons, il montait l'escalier menant au premier étage quand soudain une femme sortit lestement d'un petit couloir obscur ; son visage était voilé ; elle s'arrêta en face de Sanine, chancela légèrement, soupira fébrilement et tout de suite fila vers l'escalier où elle disparut, à la grande surprise du garçon d'hôtel qui expliqua que « cette dame avait attendu plus d'une heure monsieur l'étranger ». Malgré cette vision fugitive, Sanine eut le temps de reconnaître en elle Gemma. À ses yeux sous la soie épaisse du voile brun.

« Fräulein Gemma savait donc que... » lança-t-il mécontent, en allemand, à Émile et à Pantaleone qui marchaient sur ses talons.

Émile rougit et se troubla.

« J'ai été forcé de tout lui raconter, balbutia-t-il, elle s'en doutait, et moi je ne pouvais absolument pas... Mais maintenant ça n'a plus d'importance, reprit-il vivement, tout est bien qui finit bien, et elle vous a vu sain et sauf ! »

Sanine se détourna.

« Tout de même, quels bavards vous faites, tous les deux ! » dit-il agacé. Puis il rentra dans sa chambre et s'assit sur une chaise.

« Ne vous fâchez pas, s'il vous plaît, implora Émile.

— Bon, je ne me fâcherai pas (en effet, il n'était pas fâché, d'autant plus qu'en fin de compte il aurait été le dernier à souhaiter qu'elle n'en sût rien). Bon, trêve d'embrassades. Allez maintenant. Je veux rester seul. Je vais me coucher. Je suis fatigué. »

— Excellente idée ! s'écria Pantaleone. Vous avez besoin de repos ! Vous l'avez bien mérité, noble *signore* ! Viens, Emilio ! Sur la pointe des pieds ! Sur la pointe des pieds ! Chut ! »

Le besoin de dormir n'était qu'un prétexte pour se débarrasser de ses compagnons. Mais une fois seul, il ressentit pour de bon une grande lassitude dans tous les membres : il n'avait presque pas fermé les yeux la nuit précédente et, sitôt au lit, il s'endormit du sommeil du juste.

XXIII

Il dormit plusieurs heures d'un sommeil de plomb. Puis il rêva d'un nouveau duel, avec M. Kluber ; sur un sapin se tenait un perroquet, qui n'était autre que Pantaleone, qui disait en claquant du bec : « *Uno-uno-uno ! Uno-uno-uno !* »

« Toc-toc-toc ! » entendit-il, cette fois-ci fort distinctement : il ouvrit les yeux, dressa la tête... quelqu'un frappait à sa porte.

« Entrez ! » cria-t-il.

C'était le garçon annonçant une dame pressée de le voir.

« Gemma ! » pensa-t-il soudain... mais la dame, c'était sa mère, Frau Lenore.

À peine entrée, elle se laissa tomber sur une chaise et pleura.

« Qu'avez-vous, ma chère et bonne madame Roselli ? demanda Sanine qui s'était assis près d'elle et lui caressait doucement les mains. Que s'est-il passé ? Calmez-vous, je vous prie.

— Ah, Herr Dimitri, je suis très... très malheureuse !

— Vous êtes malheureuse ?

— Oui, très ! Pouvais-je m'y attendre ? Un vrai coup de tonnerre dans un ciel pur... »

Elle avait du mal à reprendre haleine.

« Mais qu'y a-t-il ? Expliquez-vous ! Voulez-vous un verre d'eau ?

— Non, je vous remercie. »

Elle s'essuya les yeux et sanglota de plus belle.

« Car je sais tout ! Tout !

— Comment ça, tout ?

— Tout ce qui s'est produit aujourd'hui ! Et la cause m'en est connue ! Vous avez agi en gentilhomme. Mais quel concours de circonstances ! Cette excursion à Soden ne me plaisait pas, non sans raison ! (Frau Lenore n'avait rien dit de tel le jour même, mais il lui semblait maintenant qu'alors elle pressentait « tout ».) Je suis venue vous voir, vous le gentilhomme, l'ami, bien que je ne vous connaisse que depuis cinq jours... Je suis veuve, moi, je suis seule... Ma fille... »

Les pleurs étouffèrent la voix de Frau Lenore. Sanine ne savait que penser.

« Votre fille ? reprit-il.

— Ma fille Gemma, gémit-elle à travers son mouchoir inondé de larmes, m'a déclaré aujourd'hui qu'elle ne voulait pas épouser M. Kluber et que je devais lui signifier un refus ! »

Sanine s'écarta un peu : il ne s'attendait pas à cela.

« Sans compter, poursuivit-elle, que c'est une honte ; jamais on n'a vu ça, une fiancée qui repousse son fiancé ; mais pour nous, Herr Dimitri, c'est la ruine ! » Elle roulait minutieusement et fermement son mouchoir en une minuscule boule, comme si elle voulait y inclure tout son chagrin.

« Monsieur Dimitri, nous ne pouvons plus vivre des revenus de la boutique ! M. Kluber est très riche et le deviendra encore plus. Et pourquoi le repousser ? Parce qu'il n'a pas pris la défense de sa fiancée ? Admettons, ce n'est pas bien du tout de sa part, mais enfin c'est un civil, il n'a pas été à l'université et, en commerçant ayant les pieds sur terre, il se devait d'ignorer la polissonnerie d'un petit officier quelconque. Y avait-il là outrage, Herr Dimitri ?

— Permettez, Frau Lenore, vous semblez me blâmer...

— Je ne vous blâme nullement, nullement ! Vous, c'est autre chose ; comme tous les Russes, vous êtes militaire...

— Permettez, je ne suis pas...

— Vous êtes étranger, de passage, je vous sais gré », poursuivit-elle, sans écouter Sanine. Elle s'étranglait, gesticulait, déroulait son mouchoir et se tamponnait le nez. À la seule façon d'exprimer son chagrin, on voyait qu'elle n'était pas née sous le ciel du Nord.

« Comment M. Kluber ferait-il marcher son négoce s'il passait son temps à se battre en duel avec ses clients ? Quelle absurdité ! Et maintenant je devrais l'écarter ? De quoi vivrons-nous ? Avant, nous étions les seuls à faire de la « peau de pucelle », et du nougat à la pistache, et les clients affluaient, mais aujourd'hui tout le monde en fait, de la « peau de pucelle » ! Rendez-vous compte, déjà on va parler en ville de votre duel... Comment le garderait-on caché ? Et en plus voilà la noce décommandée ! C'est un chcandale, un vrai chcandale ! Gemma est une fille épatante ; elle m'aime beaucoup, mais c'est une républicaine têtue, elle brave l'opinion d'autrui. Vous seul pouvez la persuader ! »

La stupeur de Sanine s'accrut encore.

« Moi, Frau Lenore ?

— Oui, vous seul... vous seul. C'est pour cela que je suis venue à vous. Je n'ai rien trouvé d'autre ! Vous êtes un homme si instruit, si bon ! Vous avez su prendre sa défense. Vous, elle vous croira ! Elle doit vous croire, car vous avez risqué votre vie ! Vous la convaincrez, vous, mais moi je n'y peux plus rien ! Vous la convaincrez qu'elle va à sa perte, à notre perte à tous. Vous avez sauvé mon fils, sauvez aussi ma fille ! C'est Dieu qui vous a envoyé... Je suis prête à vous supplier à deux genoux... »

Frau Lenore se souleva à demi de sa chaise, comme si elle allait tomber aux pieds de Sanine... Il la retint.

« Frau Lenore ! Au nom du ciel ! Que faites-vous ? »

Elle lui saisit les mains fébrilement.

« Vous le promettez ?

— Frau Lenore, mais enfin, à quel titre je...

— Vous le promettez ? Vous ne voulez pas que je meure ici même, à l'instant, devant vous ? »

Sanine fut désarçonné. Pour la première fois de sa vie il subissait les ardeurs du sang italien.

« Je ferai tout ce que vous voudrez ! s'exclama-t-il. Je parlerai à Fräulein Gemma... »

Frau Lenore poussa un cri de joie.

« Mais je ne garantis pas le résultat...

— Ah, ne refusez pas, ne renoncez pas ! dit-elle d'une voix suppliante. Vous avez déjà dit oui ! Le résultat sera sûrement excellent. De toute façon, je n'y peux plus rien. Elle ne m'obéira pas !

— A-t-elle fait preuve d'une telle fermeté dans sa décision de ne pas épouser M. Kluber ? demanda Sanine un moment après.

— Elle a été claire et nette ! C'est le portrait de son père, Giovan' Battista ! Un casse-cou !

— Un casse-cou, elle ? reprit lentement Sanine.

— Oui... oui... mais aussi un ange. Elle vous obéira. Vous viendrez, vous viendrez bientôt ? Oh ! mon très cher ami russe ! »

Frau Lenore bondit de sa chaise et dans l'élan prit dans ses bras la tête de Sanine qui était assis devant elle.

« Recevez la bénédiction d'une mère... et donnez-moi de l'eau ! »

Il lui apporta un verre d'eau, lui donna sa parole d'honneur de venir sans tarder, la raccompagna jusque dans la rue et, revenu dans sa chambre, il leva les bras au ciel et écarquilla les yeux.

« On y est, pensa-t-il, *maintenant* c'est le grand tourbillon de la vie, et ça tourne si vite que j'en ai le vertige ! » Il ne chercha pas à regarder en lui-même, à comprendre ce qui s'y passait : l'affolement, un point c'est tout ! Ses lèvres, contre son gré, murmuraient : « En voilà une journée ! Un casse-cou, dit sa mère... Et je dois la conseiller, elle ! Et lui conseiller quoi ? »

La tête lui tournait en effet et au-dessus de ce tourbillon de diverses sensations, impressions, pensées inachevées, apparaissait constamment l'image de Gemma, cette image qui s'était à tout jamais gravée dans sa mémoire lors de cette nuit chaude et électrique, au bord de cette fenêtre obscure, à la lueur de myriades d'étoiles !

XXIV

À pas indécis Sanine approchait de la demeure de Mme Roselli. Son cœur battait à tout rompre ; il le sentait nettement et l'entendait même cogner contre ses côtes. Qu'allait-il dire à Gemma, comment l'aborderait-il ? Il n'entra pas dans la maison par la boutique, mais par la porte de derrière. Il rencontra Frau Lenore dans le petit vestibule. Elle était à la fois heureuse de sa présence et anxieuse.

« Je vous ai attendu, lui souffla-t-elle en pressant sa main tour à tour dans chacune des deux siennes. Allez au jardin, elle y est. Soyez prudent, je compte sur vous ! »

Sanine se rendit au jardin.

Gemma était assise sur un banc près d'une allée et dans une grosse corbeille pleine de cerises elle triait les fruits les plus mûrs qu'elle posait dans une assiette. Le soleil était bas – il était déjà presque sept heures du soir – et dans les larges rayons obliques dont il inondait le jardinet de Mme Roselli, il y avait plus de pourpre que d'or. De temps à autre, dans un murmure et sans hâte les feuilles bruissaient, des abeilles attardées bourdonnaient, sautillant de fleur en fleur, et quelque part une tourterelle roucoulait, monotone et infatigable.

Gemma portait le chapeau rond qu'elle avait à Soden. Elle regarda Sanine par-dessous le bord recourbé de ce chapeau et se repencha sur la corbeille.

Sanine s'approcha de Gemma, raccourcissant ses pas involontairement et... et... Et ne trouva rien de mieux que de lui demander pourquoi elle triait des cerises.

Gemma ne lui répondit pas sur-le-champ :

« Celles-ci, les plus mûres, dit-elle enfin, c'est pour la confiture, et celles-là pour fourrer les gâteaux. Vous savez, nos petits gâteaux ronds au sucre. »

Après cela, Gemma baissa encore plus la tête ; sa main droite, avec deux cerises aux doigts, resta suspendue entre la corbeille et l'assiette.

« Puis-je m'asseoir près de vous ?

— Mais oui. »

Elle se poussa un peu sur le banc. Sanine prit place à ses côtés. « Comment commencer ? » se demandait-il. Mais Gemma le tira d'affaire.

« Vous vous êtes battu en duel aujourd'hui, dit-elle vivement en tournant vers lui son beau visage que la pudeur avait fait rougir, et ses yeux brillaient d'une profonde gratitude.

« Et vous êtes si calme ? Ainsi, pour vous le danger n'existe pas ?

— De grâce ! Je n'ai été exposé à aucun danger. Tout s'est bien passé, sans encombre. »

Gemma promena un doigt à droite et à gauche de ses yeux... Encore un geste italien.

« Non, non ! Ne dites pas ça ! Ne me trompez pas ! Pantaleone m'a tout raconté !

— Voici à qui faire confiance ! Il m'a comparé à la statue du Commandeur ?

— Ses expressions peuvent être ridicules, mais pas son sentiment, ni ce que vous avez fait aujourd'hui. Et tout cela à cause de moi... pour moi... Je ne l'oublierai jamais.

— Je vous assure, Fräulein Gemma...

— Je ne l'oublierai pas », répéta-t-elle posément en le fixant de nouveau, puis elle se détourna.

Il voyait maintenant son profil délicat et pur, il lui semblait n'avoir jamais rien vu de pareil, n'avoir jamais éprouvé ce qu'il ressentait en cet instant. Son âme s'enflamma.

« Et ma promesse ! » pensa-t-il.

« Fräulein Gemma... commença-t-il après une brève hésitation.

— Quoi ? »

Elle ne se retourna pas de son côté, elle continuait à trier les cerises ; elle les saisissait par la queue, soigneusement du bout des doigts, elle soulevait les petites feuilles avec précaution... Et que de tendresse et de confiance dans ce simple mot : « Quoi » !

« Votre maman ne vous a rien communiqué... au sujet de...

— Au sujet de quoi ?

— À mon sujet ? »

Elle rejeta brusquement dans la corbeille les cerises qu'elle venait d'y prendre.

« Elle vous a parlé ? demanda-t-elle à son tour.

— Oui.

— Que vous a-t-elle dit ?

— Que vous avez... tout à coup décidé de changer vos projets. »

De nouveau Gemma baissa la tête. Elle disparut entièrement sous le chapeau ; on ne voyait plus que son cou, souple et fin comme la tige d'une grosse fleur.

« Quels projets ?

— Vos projets... concernant... votre avenir personnel.

— Vous voulez dire... M. Kluber ?

— Oui.

— Maman vous a dit que je ne désire pas être la femme de M. Kluber ?

— Oui. »

Gemma s'approcha de lui sur le banc. La corbeille pencha, tomba... quelques cerises roulèrent dans l'allée. Une minute passa... puis une autre...

« Pourquoi vous a-t-elle dit ça ? »

Depuis le début Sanine ne voyait que le cou de la jeune fille. La poitrine de Gemma se soulevait plus rapidement qu'à l'habitude.

« Pourquoi ? Comme nous nous sommes très vite liés, d'amitié peut-on dire, et que vous avez confiance en moi, votre maman a pensé que je serais capable de vous donner un conseil utile, et que vous m'écouterez. »

Les mains de Gemma glissèrent lentement sur ses genoux... Elle entreprit d'arranger les plis de sa robe.

« Quel conseil, monsieur Dimitri, allez-vous me donner ? » demanda-t-elle presque tout de suite.

Sanine vit que les doigts de Gemma tremblaient sur ses genoux... Elle ne mettait sa robe en ordre que pour masquer ce trouble. Il posa en douceur sa main sur ces doigts pâles, frémissants.

« Gemma, pourquoi ne me regardez-vous pas ? »

Instantanément elle rejeta en arrière son chapeau et fixa Sanine du même regard qu'avant, aussi plein de confiance et de gratitude. Elle attendait qu'il parlât... Mais la vue de son visage l'avait ému et presque aveuglé. L'éclat chaud du soleil vespéral illuminait la tête juvénile de Gemma dont les traits étaient plus clairs et plus vifs que l'astre.

« Je vous écouterai, monsieur Dimitri, commença-t-elle, avec un petit sourire et dressant à peine les sourcils. Mais quel conseil me donnerez-vous ?

— Quel conseil ? reprit Sanine. Voyez-vous, pour votre maman, refuser votre main à M. Kluber seulement parce qu'il n'a pas fait particulièrement preuve de courage avant-hier...

— Seulement pour ça ? dit Gemma qui se pencha pour ramasser la corbeille qu'elle posa près d'elle sur le banc.

— Et pour elle... d'ailleurs... de votre part, c'est déraisonnable, c'est un acte lourd de conséquences, et enfin l'état même de vos affaires impose certaines obligations à chaque membre de votre famille...

— Tout ça, c'est l'avis de maman, l'interrompit-elle, ce sont ses mots. Je suis au courant, mais quel est votre avis, à vous ?

— Mon avis ? »

Sanine se tut. Il sentait sa gorge se serrer, sa respiration se couper.

« Je pense aussi, prononça-t-il avec difficulté... »

Gemma se dressa.

« Ah, vous aussi ?

— Oui... c'est-à-dire... »

Sanine ne pouvait, ne pouvait décidément dire un mot de plus.

« Bon, si vous me conseillez, comme ami, de changer ma décision... je veux dire de ne pas changer mes anciennes dispositions, je vais y réfléchir. »

Sans remarquer ce qu'elle faisait, elle se mit à reposer les cerises de l'assiette dans la corbeille...

« Maman espère que je vous écouterai... Eh bien, peut-être vous écouterai-je...

— Mais permettez, Fräulein Gemma, j'aimerais d'abord savoir les raisons qui vous ont poussée à...

— Je vous obéirai, répéta Gemma dont les sourcils se dressaient, les joues blêmissaient de plus en plus ; elle se mordait la lèvre inférieure. Vous avez tant fait pour moi que je suis obligée de faire ce que vous voulez, obligée d'accomplir votre désir. Je dirai à maman que... je vais réfléchir. La voici, d'ailleurs. »

En effet, Frau Lenore apparut à la porte du jardin. Elle bouillait d'impatience et ne pouvait rester en place. Selon ses calculs, Sanine devait depuis belle lurette avoir terminé son explication avec Gemma, bien que leur entretien n'eût pas duré un quart d'heure.

« Non, non, non, je vous en prie, ne lui dites rien pour l'instant, lui dit Sanine à la hâte, presque avec peur. Attendez... je vous dirai, je vous écrirai... et d'ici là ne prenez aucune décision... attendez ! »

Il pressa la main de Gemma, bondit du banc et, à la grande surprise de Frau Lenore, il lui fila sous le nez en levant son chapeau, marmonna quelque chose et s'éclipsa.

Elle s'approcha de sa fille.

« S'il te plaît, Gemma, dis-moi... »

Celle-ci se leva et l'étreignit.

« Chère maman, pouvez-vous attendre un peu, un tout petit peu... jusqu'à demain ? Le pouvez-vous ? Et ne pas dire un mot d'ici là ?.. Ah !.. »

Elle fondit en larmes soudaines, qu'elle ne s'attendait pas à verser. Cela étonna d'autant plus Frau Lenore que Gemma avait un air plutôt joyeux.

« Qu'as-tu ? Je ne te vois jamais pleurer et tout à coup...

— Rien, maman, rien ! Simplement, attendez ! Nous devons attendre toutes les deux. Ne posez pas de question d'ici demain, et trions les cerises tant qu'il y a du soleil.

— Mais tu seras raisonnable ?

— Oh, je suis très raisonnable ! »

Gemma hocha la tête d'un air significatif. Elle se mit à lier de petits bouquets de cerises qu'elle tenait haut devant son visage rougissant. Elle n'essuya pas ses larmes : elles avaient séché toutes seules.

XXV

Sanine rentra à l'hôtel quasiment au pas de charge. Il sentait, il se rendait compte que c'était l'unique endroit où, seul avec lui-même, il ferait enfin la lumière sur ce qu'il avait, sur ce qui lui arrivait réellement. En effet, sitôt entré dans sa chambre, sitôt assis et accoudé à son bureau, le front appuyé sur les paumes des mains, il poussa un cri douloureux et sourd : « Je l'aime, je l'aime à la folie ! », et tout son être s'embrasa comme des charbons qu'on aurait tout à coup activés en soufflant leur épaisse couche de cendre morte. Un instant... et il n'était déjà plus capable de comprendre comment il avait pu être assis à côté d'elle... d'elle ! et lui parler, sans pour autant sentir qu'il adorait jusqu'à la frange de son habit, qu'il était prêt, comme disent les jeunes gens, à « mourir à ses pieds ». La dernière entrevue dans le jardin avait été décisive. Quand maintenant il pensait à elle, il ne la voyait déjà plus avec sa chevelure défaite par le vent à la lueur des étoiles, mais assise sur le banc, jetant d'un coup son chapeau et le regardant avec tant de confiance... alors le frisson et la soif d'amour gagnaient toutes les fibres de son être. Il se souvint de la rose qu'il tenait dans sa poche depuis trois jours : il la saisit promptement et la pressa contre ses lèvres avec une telle fébrilité qu'il fit malgré lui une grimace de douleur. Désormais il ne réfléchissait plus à rien, il ne comprenait, ne mesurait, ne prévoyait plus rien ; il était coupé de tout son passé, il avait fait un saut en avant : de la rive morne qu'était sa vie de solitaire et de célibataire, il avait plongé dans ces eaux joyeuses, bouillonnantes, fougueuses, et il se moquait pas mal de savoir où elles le porteraient ou si elles ne le fracasseraient pas contre un rocher ! Ce n'était plus l'onde tranquille des romances d'Uhland qui naguère le berçait... C'étaient des lames puissantes, impétueuses ! Elles galopent et déferlent en avant, et lui aussi s'élance avec elles !

Il prit une feuille de papier, et sans une rature, presque d'un seul trait de plume, il écrivit :

« Chère Gemma !

« Vous savez le conseil que je m'étais engagé à vous donner, vous savez ce que souhaite votre mère et ce qu'elle m'a demandé, mais ce que vous ne savez pas et que je suis tenu de vous dire maintenant, c'est que je vous aime, je vous aime de toute la passion d'un cœur qui connaît l'amour pour la première fois ! Ce feu s'est allumé en moi soudainement, mais avec une telle force que je ne trouve pas les mots ! Quand votre mère est venue me solliciter, ce feu ne faisait que couver, sinon, en honnête homme, j'aurais certainement refusé d'exaucer son désir... Le simple aveu que je suis en train de vous faire est celui d'un honnête homme. Vous avez le droit de savoir à qui vous avez affaire ; il ne doit pas y avoir de malentendus entre nous. Vous voyez que je ne peux vous donner aucun conseil... Je vous aime, je vous aime, je vous aime, et je n'ai plus rien d'autre, ni dans l'esprit ni dans le cœur !

D. SANINE »

Il plia, cacheta ce billet et allait sonner le garçon pour qu'il le portât... « Non ! C'est maladroit... Par Émile ? Mais se rendre au magasin, le rechercher parmi les commis, c'est maladroit aussi. D'ailleurs, il fait nuit et il a peut-être déjà quitté le magasin. » Tout à ses pensées, Sanine mit son chapeau et sortit ; il tourna un coin de rue, puis un autre, et à sa plus grande joie il aperçut Émile devant lui. Sa sacoche sous le bras, un rouleau de papier à la main, le jeune enthousiaste se dépêchait de rentrer à la maison.

« On a raison de dire qu'il y a une étoile pour les amoureux », pensa-t-il et il appela Émile.

Ce dernier se retourna et accourut tout de suite.

Sanine ne lui laissa pas le temps de s'extasier, il lui glissa le billet, lui expliqua à qui le donner et comment... Émile écoutait attentivement.

« Personne ne doit le voir ? » demanda-t-il de l'air important du conspirateur, comme pour dire : « Nous comprenons bien de quoi il s'agit ! »

« C'est ça, mon ami, dit Sanine un peu confus en lui tapotant la joue... S'il y a une réponse... Vous me l'apporterez, n'est-ce pas ? Je resterai chez moi.

— Ne vous en faites pas pour ça ! » chuchota gaiement Émile qui partit en courant et lui fit un signe de tête.

Sanine rentra à l'hôtel et, sans prendre le soin d'allumer la bougie, se jeta sur le divan, les bras derrière la tête, et s'abandonna aux sensations de l'amour tout juste naissant, qu'il n'est nul besoin de décrire : qui les a ressenties en sait les langueurs et les voluptés ; qui ne les a pas ressenties ne les comprendra jamais.

La porte s'ouvrit sur Émile.

« Je l'ai, chuchota-t-il, la voilà, la réponse ! »

Il montra un pli qu'il leva au-dessus de sa tête.

Sanine bondit du divan et le lui arracha des mains. Il ne pouvait plus résister à la passion : il n'avait plus rien à cacher désormais, ni de convenances à respecter, même devant ce jeune garçon, frère de Gemma. Il aurait eu quelque scrupule, il se serait contenu, s'il avait pu !

Il alla à la fenêtre et à la lumière du réverbère public il lut les lignes suivantes :

« Je vous prie, je vous supplie de *ne pas venir, de ne pas vous montrer chez nous toute la journée de demain*. J'en ai besoin, absolument besoin, tout sera décidé là. Je sais que vous ne me refuserez pas cela, parce que...

GEMMA

Il relut deux fois le billet – comme son écriture lui parut charmante, belle et touchante ! –, il réfléchit un instant, puis se tourna vers Émile qui, pour montrer quel garçon discret il était, se tenait le visage contre le mur qu'il gratouillait de l'ongle, et il l'appela à voix haute par son prénom. Émile accourut.

« Quels sont vos ordres ?

— Écoutez, mon ami...

— Monsieur Dimitri, l'interrompit-il d'une voix plaintive, pourquoi ne me tutoyez-vous pas ? »

Sanine se mit à rire.

« Bon, d'accord. Écoute, mon ami (Émile sursauta de plaisir), écoute : *là-bas*, tu comprends, *là-bas* tu diras que tout sera exécuté au pied de la lettre (Émile pinça les lèvres et hocha la tête avec importance), et toi... qu'est-ce que tu fais demain ?

— Moi ? Demain ? Que voulez-vous que je fasse ?

— Si tu peux, viens ici demain matin, pas trop tard, et nous nous baladerons jusqu'au soir dans les environs de Francfort... Tu veux ? »

Émile sursauta encore.

« Qu'y a-t-il de mieux au monde, je vous le demande ? Me promener avec vous, c'est tout simplement merveilleux ! Je viendrai sans faute !

— Et si on ne te laisse pas sortir ?

— Il n'y a aucune raison !

— Écoute... Ne dis pas *là-bas* que je t'ai invité pour toute la journée.

— Pourquoi le dire ? Je sortirai, un point c'est tout ! Il n'y a pas de mal à ça ! »

Émile embrassa Sanine très fort et partit en courant.

Sanine arpenta longuement sa chambre et se coucha tard. Il plongeait dans les affres et les délices, dans cette pâmoison jubilatoire devant la vie nouvelle. Il était très content d'avoir eu l'idée d'inviter pour la journée de demain Émile, dont le visage ressemblait à celui de sa sœur. « Ça me la rappellera », se disait-il.

Mais ce qui l'étonnait davantage, c'était d'avoir pu être hier autre qu'aujourd'hui. Il avait l'impression d'avoir « éternellement » aimé Gemma, de l'avoir aimée exactement de la même façon qu'aujourd'hui.

XXVI

Émile, tenant en laisse Tartaglia, se présenta chez Sanine, le lendemain à huit heures du matin. Né de parents allemands, il n'aurait montré plus grande ponctualité. Chez lui il avait menti : il se promènerait avec Sanine jusqu'au déjeuner et après il irait au magasin. Tandis que Sanine s'habillait, Émile se mit à lui parler, certes timidement, de Gemma, de sa brouille avec M. Kluber ; Sanine bourru lui répondit par le silence et Émile fit mine de comprendre pourquoi il ne fallait pas effleurer ce point capital ; il n'y fit plus allusion ; de temps à autre seulement il prenait un air recueilli et même sévère.

Après le café, les deux amis partirent, à pied évidemment, pour Hausen, petit village non loin de Francfort, en pleine forêt. De là le regard embrassait toute la chaîne du Taunus. Le temps était splendide ; le soleil brillait et chauffait, mais sans ardeur ; un vent frais et vif caressait les feuilles vertes, les ombres de hauts nuages ronds glissaient sur la terre en petites taches harmonieuses et rapides. Les jeunes gens sortirent bientôt de la localité et s'engagèrent joyeusement sur un chemin bien propre. Ils entrèrent dans la forêt et y flânèrent longtemps ; ensuite ils déjeunèrent copieusement dans une auberge de campagne, escaladèrent les sommets, admirèrent les paysages, lancèrent des pierres dans les ravins et applaudirent en les regardant décrire des zigzags étranges et cocasses, comme en font les lapins, jusqu'au moment où ils furent injuriés haut et fort par un homme qui passait en bas et qu'ils n'avaient pas vu ; ensuite ils s'allongèrent sur la mousse drue et sèche d'un jaune-violet, burent de la bière dans une autre auberge, coururent à qui mieux mieux, jouèrent « à qui saute le plus loin ». Ils trouvèrent un écho et parlèrent avec lui, chantèrent, poussèrent des « ohé ! », luttèrent, cassèrent des branches, ornèrent leurs chapeaux de tiges de fougère et dansèrent même. Tartaglia participait à tous ces ébats, dans la mesure du possible ; bien sûr il ne lançait pas de pierres, mais il dévalait les pentes à leur poursuite, accompagnait de hurlements les chants des deux amis et buvait aussi de la bière, avec un dégoût visible, il est vrai : il avait appris ce tour d'un étudiant à qui il avait jadis appartenu. Il n'obéissait pas si bien à Émile qu'à son maître Pantaleone, et quand Émile lui ordonnait de « parler » ou d'« éternuer », il se contentait de frétiller de la queue et de tirer une langue en forme de cornet.

Les jeunes gens discutèrent aussi. Au début de la promenade, Sanine, l'aîné et donc le plus raisonnable, voulut lancer la conversation sur le « fatum » ou la prédestination, sur le sens et la nature de la vocation de l'homme, mais l'entretien prit rapidement un tour moins sérieux. Émile posa à son ami et protecteur des questions sur la Russie : comment se bat-on en duel là-bas, les femmes y sont-elles belles, peut-on apprendre assez vite le russe, et qu'avait-il éprouvé quand l'officier l'avait visé ? Sanine, de son côté, questionna Émile sur son père, sa mère, sur leurs affaires de famille, sans citer le nom de Gemma alors qu'il ne pensait qu'à elle. En réalité, il ne pensait pas à elle, mais au lendemain, à ce jour de mystère qui lui apporterait un bonheur inconnu et sans précédent ! C'est comme un voile, un voile fin, léger qui ondule faiblement et masque son regard intérieur ; derrière ce voile il sent... il sent la présence du visage juvénile, impassible, divin, le tendre sourire des lèvres, l'austérité trompeuse des cils baissés. Mais ce visage, ce n'est pas celui de Gemma, c'est le visage du bonheur même ! Elle est arrivée enfin, son heure à *lui*, le voile s'est envolé, la bouche s'ouvre, les cils se relèvent – sa divinité l'a vu –

et tout à coup la lumière, comme venant du soleil, la joie et l'extase sans bornes ! Il pense à ce lendemain, et de nouveau son âme se pâme dans la fièvre de cette attente sans fin !

Cette attente fiévreuse ne le gêne en rien. Elle accompagne chacun de ses gestes, mais ne le gêne en rien. Elle ne l'empêche pas de déjeuner parfaitement avec Émile dans une troisième auberge ; parfois seulement, tel un bref éclair, jaillit en lui une pensée : si au moins quelqu'un au monde savait ! Elle ne l'empêche pas de jouer après le déjeuner à saute-mouton avec Émile. Le jeu a lieu dans un immense pré vert... et quel n'est pas l'étonnement, la confusion de Sanine quand, suivi des aboiements sonores de Tartaglia et sautant, les jambes écartées et les mains en appui sur le dos d'Émile recroquevillé, il aperçoit soudain en bordure du pré deux officiers qu'il reconnaît tout de suite pour être son adversaire d'hier avec son second, messieurs von Dönhof et von Richter ! Les deux hommes ajustent leurs monocles pour le regarder et sourient malicieusement... Sanine retombe sur ses jambes, se retourne, passe rapidement son paletot, dit un mot bref à Émile qui enfile aussi le sien, et tous deux s'éloignent sans tarder.

Ils revinrent tard à Francfort.

« Je vais être grondé, dit Émile à Sanine en prenant congé de lui, mais ça m'est bien égal ! J'ai passé une journée merveilleuse, merveilleuse ! »

De retour à l'hôtel, Sanine trouva un billet de Gemma. Elle lui fixait un rendez-vous pour le lendemain, à sept heures du matin dans un des jardins publics qui formaient une ceinture autour de Francfort.

Comme son cœur bondit ! Comme il était heureux de s'être entièrement soumis à elle ! Et, mon Dieu, quelles promesses... quelles n'étaient pas les promesses de ce prodigieux, unique, incroyable et pourtant réel lendemain ?

Il ne pouvait s'arracher du billet de Gemma. En bas de la feuille, la longue et élégante boucle du G, première lettre de son prénom, lui rappela ses jolis doigts, sa main... Il se dit que pas une seule fois il n'avait effleuré cette main de ses lèvres...

« Les Italiennes, en dépit de leur réputation, sont pudiques et strictes... À plus forte raison Gemma ! Une reine... une déesse, du marbre pur et virginal...

« Mais le temps viendra, et il n'est pas loin... »

Cette nuit-là il y avait à Francfort un homme heureux... Il dormait, mais il aurait pu prendre pour sa gouverne les mots du poète :

Je dors... mais le cœur sensible ne dort pas[1]...

Le sien battait, aussi léger que les ailes du papillon qui, blotti contre une fleur, se baigne au soleil estival.

XXVII

Sanine se réveilla à cinq heures, à six heures il était déjà habillé, à six heures et demie il faisait les cent pas dans le jardin public, près de la charmille que lui avait indiquée Gemma.

La matinée était calme, chaude, grise. Le temps semblait à la pluie, mais la main que l'on tendait ne sentait rien ; il fallait regarder les manches de son habit pour discerner de minuscules gouttelettes, de fines perles de bruine, qui bientôt disparurent. Pas un souffle, comme si la terre n'avait jamais connu le vent. Les sons ne s'envolaient pas, ils se répandaient en ondes ; dans le lointain une vapeur blanchâtre se condensait à peine, l'air sentait le réséda et la fleur de l'acacia blanc.

Dans les rues, les magasins n'étaient pas encore ouverts, mais il y avait déjà des piétons ; de temps en temps on entendait rouler une voiture... Point de promeneurs dans le jardin. Un jardinier râtelait sans hâte un passage, une vieille femme décrépite en manteau de drap noir clopinait dans l'allée. Pas un instant Sanine ne pouvait prendre cette pauvresse pour Gemma, mais son cœur avait tressailli et il suivait des yeux la tache sombre qui s'en allait.

Sept heures au clocher voisin !

Sanine s'arrêta. Se pourrait-il qu'elle ne vînt pas ? Un frisson passa dans tous ses membres. Un moment plus tard il frissonna de nouveau, cette fois-ci pour une autre raison. Il avait entendu dans son dos de légers pas, le frou-frou d'une robe... Il se retourna : c'était elle !

Gemma marchait derrière lui dans le chemin. Elle portait une mantille grise et un grand chapeau noir. Elle regarda Sanine, tourna la tête de côté, le dépassa rapidement.

« Gemma », dit-il d'une voix à peine audible.

Elle lui fit un signe discret de la tête et continua à aller de l'avant. Il la suivit.

Il haletait. Ses jambes ne lui obéissaient plus.

---

1. Citation du poète russe Méï.

Gemma passa devant la charmille, prit à droite, contourna un petit bassin plat où s'ébrouait un moineau et, derrière un massif de grands lilas, s'assit sur un banc. L'endroit était intime et caché. Sanine prit place à côté d'elle.

Une minute s'écoula, ni lui ni elle ne prononcèrent un mot ; elle ne le regardait même pas et lui regardait, non pas son visage, mais ses mains jointes dans lesquelles elle tenait une petite ombrelle. Que dire ? Que dire qui puisse en importance traduire le sens de leur simple présence ici, ensemble, seul à seul, si tôt, si près l'un de l'autre.

« Vous... ne m'en voulez pas ? » dit enfin Sanine.

Il était difficile de trouver plus bête... Il s'en rendait compte... mais au moins la glace était rompue.

« Moi ? Et pourquoi ? Non.

— Vous me croyez ?

— Ce que vous avez écrit ?

— Oui. »

Gemma baissa la tête et se tut. L'ombrelle lui échappa des mains. Elle s'empressa de la saisir avant qu'elle soit par terre.

« Ah, croyez-moi, croyez à ce que je vous ai écrit », s'exclama-t-il. Soudain il avait perdu toute timidité et il reprit avec fougue :

« S'il y a au monde une vérité, sacrée, une vérité indiscutable, c'est que je vous aime, que je vous aime passionnément, Gemma ! »

Elle lui jeta un regard de côté, un regard rapide, et faillit lâcher de nouveau son ombrelle. « Croyez-moi, croyez-moi, assurait-il. Il la suppliait, tendait ses bras vers elle et n'osait pas la toucher. Que voulez-vous que je fasse pour... vous convaincre ? »

Elle le regarda une nouvelle fois.

« Dites, monsieur Dimitri, avant-hier, quand vous êtes venu pour me faire changer d'avis, vous ne saviez pas... vous ne ressentiez pas encore...

— Si, je le ressentais, mais je ne savais pas. J'ai commencé à vous aimer dès l'instant où je vous ai vue, mais je n'ai pas compris tout de suite ce que vous représentiez pour moi ! En outre, j'ai appris que vous étiez fiancée officiellement... En ce qui concerne la mission que m'avait confiée votre mère, d'abord comment aurais-je pu refuser ? Deuxièmement, il me semble vous l'avoir présentée de manière que vous puissiez deviner... »

Des pas lourds retentirent et de derrière les lilas sortit un monsieur assez corpulent, le sac de voyage à l'épaule, un étranger sans doute. Après avoir dévisagé avec le sans-gêne du voyageur de passage le couple assis sur le banc, il toussa très fort et alla son chemin.

« Votre mère, poursuivit Sanine, m'a dit que votre refus ferait scandale (Gemma se renfrogna un peu), que moi-même j'aurais donné prétexte à des bruits désobligeants et que... par conséquent... il m'incombait, dans une certaine mesure, de vous persuader de ne pas repousser votre fiancé M. Kluber...

— Monsieur Dimitri, dit Gemma en passant une main sur ses cheveux du côté de Sanine, s'il vous plaît, n'appelez pas M. Kluber mon fiancé. Jamais je ne serai sa femme. Je lui ai signifié mon refus.

— Vous lui avez signifié ? Quand ?

— Hier.

— En personne ?

— En personne. Chez nous. Il était passé nous voir.

— Gemma ! Donc, vous m'aimez ? »

Elle se tourna vers lui.

« Sinon... serais-je venue ici ? » murmura-t-elle, et ses deux mains tombèrent sur le banc.

Sanine s'empara de ces mains fragiles dont les paumes étaient tournées vers le haut et il les pressa contre ses yeux, contre ses lèvres... Voilà que s'était levé le voile qui lui était apparu en rêve hier soir ! Le voilà, ce bonheur, le voilà avec son visage radieux ! Il leva la tête et considéra Gemma en face et franchement. Elle aussi le considérait, un peu de haut en bas. Par la fente des yeux mi-clos son regard scintillait à peine, inondé des larmes légères de la félicité. Mais le visage ne souriait pas... Non ! Il riait lui aussi du rire de la félicité, d'un rire cependant muet.

Il voulut la serrer contre sa poitrine, mais elle s'écarta et sans cesser de rire, elle lui fit non de la tête. « Attends un peu » semblaient dire ses yeux qui rayonnaient de bonheur.

« Oh, Gemma ! Pouvais-je penser que tu (son cœur palpita quand ses lèvres prononcèrent pour la première fois ce « tu »), que tu m'aimerais !

— Moi-même je ne m'y attendais pas, dit-elle doucement.

— Pouvais-je penser en arrivant à Francfort, où je ne devais rester que quelques heures, que je trouverais ici le bonheur de toute ma vie !

— De toute la vie ? C'est sûr ?

— De toute la vie, dans les siècles des siècles ! » s'exclama-t-il dans un nouveau transport.

La pelle du jardinier crissa soudain à deux pas du banc où ils étaient assis.

« Allons à la maison, murmura Gemma, allons-y ensemble, veux-tu ? »

Si elle lui avait dit à cet instant : « Jette-toi à la mer, *veux-tu* ? », il n'aurait pas attendu la dernière syllabe pour se précipiter dans l'abîme.

Ils sortirent ensemble du jardin et se dirigèrent vers la maison par les faubourgs, et non par les rues de la ville.

XVIII

Sanine marchait tour à tour à côté de Gemma ou un peu derrière elle, il ne la quittait pas des yeux et ne cessait de sourire. Tantôt elle pressait le pas... tantôt musardait. En vérité, tous deux, lui pâle, elle rose d'émotion, avançaient dans un brouillard. Ce qu'ils venaient de faire ensemble, quelques moments auparavant – ce don de son âme à l'âme de l'autre –, était si fort, nouveau et terrible ; tant de choses dans leur vie se trouvaient brusquement bouleversées qu'ils en restaient pantois et n'avaient conscience que de la tourmente qui les avait emportés, semblable à celle qui, cette nuit, avait failli les jeter l'un dans les bras de l'autre. Tout en marchant, Sanine sentait qu'il avait même un autre regard sur Gemma : il nota tout de suite les particularités de sa démarche, de ses gestes, et, mon Dieu, qu'elles lui étaient chères et précieuses ! Elle-même sentait qu'il la regardait *ainsi*.

Ils aimaient tous deux pour la première fois ; tous les miracles du premier amour s'accomplissaient sur eux. Le premier amour, c'est la révolution : l'ordre régulier et monotone d'une vie est rompu et détruit en un clin d'œil, la jeunesse est montée aux barricades, son drapeau flamboie haut dans le vent, et qu'importe ce qui l'attend – mort ou vie nouvelle – elle l'accueillera avec enthousiasme.

« Tiens, n'est-ce pas notre brave vieux ? » dit Sanine en montrant du doigt une silhouette emmitouflée qui se faufilait de côté comme pour rester invisible. Au summum de la béatitude il éprouvait le besoin de parler à Gemma, non pas d'amour – c'était une affaire conclue, sacrée –, mais de tout autre chose.

« Oui, c'est Pantaleone, répondit Gemma d'une voix heureuse et enjouée. Il m'a certainement suivie quand je suis sortie de la maison ; hier déjà il m'a surveillée toute la journée... Il se doute de quelque chose !

— Il se doute de quelque chose ! » reprit Sanine ravi. Tout ce que pouvait dire Gemma lui était cause de ravissement !

Puis il lui demanda de raconter en détail les événements de la veille.

Elle s'y mit aussitôt, en hâte, s'embrouillant, souriant, avec de petits soupirs, échangeant avec Sanine des regards brefs et radieux. Elle lui relata qu'après trois jours de discussion sa mère s'entêtait à obtenir d'elle un geste positif ; elle s'était délivrée de Frau Lenore en lui promettant d'annoncer sa décision sous les quarante-huit heures ; elle raconta aussi avec quelles difficultés elle avait obtenu ce délai, que M. Kluber était apparu inopinément, plus raide et empesé que jamais ; il avait exprimé son indignation à propos de la gaminerie extravagante, impardonnable et profondément outrageante à son égard (ses propres termes) de ce Russe inconnu – il pensait à *ton* duel –, et il avait exigé que, sans plus attendre, la porte de la maison te soit fermée. Il avait ajouté : « Parce que – là Gemma imitait sa voix et ses manières – cela fait tache à mon honneur ; comme si je n'avais pas su défendre ma fiancée, si je l'avais jugé utile et nécessaire ! Tout Francfort saura demain qu'un étranger s'est battu avec un officier pour ma fiancée. À quoi ça ressemble ? Ça salit mon honneur ! »

« Maman lui a donné raison, tu t'imagines ! mais alors je lui ai annoncé à brûle-pourpoint qu'il s'inquiétait en vain de son honneur et de sa personne, qu'en vain il s'offensait des bruits concernant sa *fiancée*, car je ne l'étais plus, et que je ne serais jamais sa femme ! Je l'avoue, je voulais d'abord parler avec vous... avec toi, avant de le repousser définitivement ; mais il était là... et je n'ai pas pu me retenir. Maman a poussé un cri d'effroi, je suis allée dans l'autre pièce et je lui ai rendu sa bague – tu ne l'as pas remarqué, il y a deux jours que je ne la porte plus. Il a été terriblement vexé ; mais comme il est très vaniteux et orgueilleux, il est parti sans faire de grands discours. Évidemment, maman m'en a fait voir et j'ai beaucoup souffert de son chagrin ; je me suis demandé si je n'avais été un peu vite, mais j'avais ton billet, n'est-ce pas ? ; même sans ça je savais déjà...

— Que je t'aimais.

— Oui... que tu m'aimais. »

Ainsi parlait Gemma, s'embrouillant et souriant, baissant la voix quand quelqu'un venait à sa rencontre ou passait près d'elle. Transporté, Sanine l'écoutait et se délectait du timbre de sa voix, tout comme hier de son écriture.

« Maman a une peine folle, reprit-elle d'un ton saccadé. Elle refuse d'admettre que M. Kluber puisse m'être odieux et que j'aie accepté l'idée de ce mariage non par amour pour lui, mais parce que je cédais à ses prières instantes à elle... Elle vous... elle te soupçonne ; je veux dire, elle est sûre que je suis tombée amoureuse de toi, et ça lui est d'autant plus douloureux qu'avant-hier encore elle ne pouvait se l'imaginer et qu'elle t'avait même chargé de me convaincre... Quelle mission étrange, n'est-ce pas ? Maintenant elle te traite... elle vous traite de fourbe, de perfide, et elle me prédit que vous me tromperez, moi...

— Enfin, Gemma, ne lui as-tu donc pas dit...

— Je n'ai rien dit ! En avais-je le droit avant d'avoir parlé avec vous ? »

Sanine leva les bras.

« Gemma, j'espère que maintenant tu lui avoueras tout, que tu me conduiras auprès d'elle... Je tiens à prouver à ta mère que je ne suis pas un hypocrite ! »

Ah ! comme la poitrine de Sanine se gonflait de sentiments nobles et ardents !

Gemma le considérait de ses yeux grands ouverts.

« Vous voulez vraiment voir maman ? Maman qui prétend que tout cela est impossible entre nous et ne se réalisera jamais ? »

Il y avait un mot que Gemma ne se décidait pas à dire... Il lui brûlait les lèvres. Sanine le prononça d'autant plus volontiers.

« T'épouser, Gemma, être ton mari. Je ne vois pas de plus grand bonheur ! »

Il ne connaissait déjà plus de bornes ni à son amour, ni à sa grandeur d'âme, ni à sa détermination.

À ces mots, Gemma, qui avait failli s'arrêter un instant, accéléra l'allure... On aurait dit qu'elle voulait fuir devant ce bonheur trop grand et si inattendu !

Mais tout à coup la terre sembla lui manquer sous les pieds. Au coin de la rue, à quelques pas d'elle, se tenait M. Kluber, chapeau neuf et redingote neuve, droit comme un *I*, frisé comme un caniche. Il avait vu Gemma, il avait vu Sanine, et bien qu'il pouffât intérieurement de rage, il cambra l'échine et alla élégamment à leur rencontre. Sanine fut d'abord pris de dégoût, mais quand il eut regardé cette figure kluberienne, à laquelle son propriétaire tentait, dans la mesure du possible, de donner une expression de surprise et même de compassion dédaigneuse, quand il eut regardé cette face rougeaude et vulgaire, il sentit brusquement la colère monter en lui et fit un pas en avant.

Gemma lui prit le bras et y glissa le sien avec une assurance tranquille, puis elle regarda son ancien fiancé bien en face... L'autre cligna des yeux, se recroquevilla, se faufila de côté, balbutia entre ses dents : « C'est toujours la même ritournelle ! » *(Das alte Ende vom Liede !)* et il fila de sa démarche prétentieuse, légèrement saccadée.

« Qu'a-t-il dit, le misérable ? » demanda Sanine qui allait se lancer à la poursuite de Kluber ; mais Gemma le retint et ils poursuivirent leur chemin, la main dans la main.

La confiserie Roselli n'était plus très loin. Gemma s'arrêta encore une fois.

« Dimitri, monsieur Dimitri, nous ne sommes pas encore à la maison, nous n'avons pas encore vu maman... Si vous voulez réfléchir, vous êtes encore libre, Dimitri. »

En guise de réponse, Sanine serra très fort la main de Gemma contre sa poitrine et l'entraîna vers la maison.

« Maman, dit Gemma en entrant avec Sanine dans la chambre de Frau Lenore, je vous ai amené le vrai ! »

XXIX

Gemma aurait annoncé qu'elle ramenait avec elle le choléra ou la mort en personne que Frau Lenore n'aurait sans doute pas reçu la nouvelle avec un plus grand désespoir. Elle s'assit immédiatement dans un coin, le visage tourné vers le mur, fondit en larmes et poussa des lamentations, telle une paysanne russe devant le cercueil de son mari ou de son fils. Au début, Gemma en fut tant troublée qu'elle n'osa l'approcher ; elle resta plantée, comme une statue, au beau milieu de la pièce. Quant à Sanine, il perdit toute contenance et pour peu il se serait lui aussi abandonné aux larmes ! Une heure entière ces pleurs inconsolables se déversèrent, une heure entière ! Pantaleone eut la prudence de fermer la porte de la confiserie pour que personne n'y entrât ; heureusement l'heure était encore matinale. Le vieil homme aussi était dans l'embarras ; en tout cas, il n'approuvait pas la précipitation de Gemma et de Sanine ; cependant il se gardait bien de les condamner et était prêt à leur accorder sa protection, en cas de besoin, tant il détestait Kluber ! Émile se considérait comme un intermédiaire entre son ami et sa sœur, et il se félicitait de l'heureuse issue ! Il n'arrivait pas du tout à comprendre le désespoir de Frau Lenore, et en son for intérieur il décida tout de go que les femmes, même les meilleures, n'avaient pas pour deux sous de jugeote ! De tous, Sanine était le plus mal traité. Dès qu'il s'avançait, Frau Lenore poussait des hurlements et agitait les bras ; en vain il essaya à plusieurs reprises de crier bien haut, tout en se tenant à distance : « Je vous demande la main de votre fille ! » Frau Lenore se reprochait notamment d'« avoir été aveugle à ce point ! » « Ah, si mon Giovan' Battista avait été là, assurait-elle à travers ses larmes, rien de tout ça ne se serait passé ! » Sanine se dit : « Seigneur, qu'est-ce que c'est que ça ? C'est trop bête, à la fin ! » Ni lui ni Gemma ne se regardaient. Gemma se contentait de s'occuper patiemment de sa mère qui l'avait d'abord repoussée elle aussi...

Enfin la tempête se calma peu à peu. Frau Lenore cessa de pleurer, laissa Gemma la sortir du coin où elle s'était tapie, l'asseoir dans un fauteuil près de la fenêtre et lui donner à boire de l'eau à la fleur d'oranger : elle permit à Sanine – surtout pas d'approcher –, mais au moins de rester dans la pièce (avant elle avait exigé qu'il s'en allât) et elle ne lui coupait plus la parole. Sanine utilisa sans tarder le calme à peine revenu pour déployer une éloquence extraordinaire ; il n'aurait pu exposer ses intentions et ses sentiments devant Gemma elle-même avec autant d'ardeur et de persuasion. Sentiments des plus sincères, intentions des plus pures, comme chez le comte Almaviva du *Barbier de Séville.* Ni à Frau Lenore ni à lui-même il n'en masquait les inconvénients, mais ceux-ci, disait-il n'étaient qu'apparents ! Certes, il était étranger, on ne le connaissait que depuis peu, on ne savait rien de positif ni sur sa personne, ni sur ses revenus ; mais il était prêt à fournir la preuve qu'il était honnête et pas pauvre ; il en appellerait aux témoignages les plus sûrs de ses compatriotes ! Il espérait que Gemma serait heureuse avec lui et qu'il saurait lui rendre douce la séparation d'avec les siens !... Le fait de parler de séparation – le simple mot « séparation » – faillit tout gâcher... Frau Lénore se mit à trembler et à s'agiter... Sanine s'empressa de préciser que la séparation serait temporaire, et qu'en fin de compte elle pourrait même n'être pas nécessaire !

L'éloquence de Sanine porta ses fruits. Frau Lenore commençait à le regarder un peu, certes d'un air chagrin et réprobateur, mais sans l'aversion et la colère d'avant ; ensuite elle l'autorisa à approcher et même à s'asseoir près d'elle (Gemma était assise de l'autre côté) ; puis elle lui adressa désormais des reproches non seulement par ses regards, mais aussi en paroles, ce qui montrait déjà que son cœur s'était un peu radouci ; elle se plaignait, mais ses plaintes se faisaient plus faibles et plus légères ; elles alternaient avec des questions adressées soit à sa fille soit à Sanine ; ensuite il put lui prendre une main qu'elle reprit sur-le-champ... Après, elle pleura de nouveau, mais cette fois de tout autres larmes... elle fit un sourire triste et regretta l'absence de Giovan' Battista, mais déjà avec un autre sens que tout à l'heure... Un moment plus tard, les deux criminels, Sanine et Gemma, étaient à ses pieds, et elle leur imposait les mains tour à tour sur la tête ; un instant encore passa, et déjà ils l'étreignaient et l'embrassaient, et Émile, le visage radieux, accourut et se joignit au groupe étroitement enlacé.

Pantaleone jeta un coup d'œil dans la pièce, fit à la fois un sourire coquin et une grimace maussade, puis partit ouvrir la porte de la confiserie.

XXX

Le passage du désespoir à la tristesse, et de celle-ci à la « douce résignation » s'opéra assez vite en Frau Lenore ; cette résignation, à son tour, se transforma bientôt en satisfaction secrète, qu'elle dissimulait et contenait le plus possible au nom de la bienséance. Dès le jour où elle avait fait sa connaissance, Sanine lui avait tapé dans l'œil ; faite à l'idée qu'il serait son gendre, elle ne vit plus rien de déplaisant, bien qu'elle se sentît obligée de conserver une mine un tantinet vexée... ou plutôt soucieuse. En plus, les événements des derniers jours étaient si inhabituels... Que de choses coup sur coup ! Femme pratique et mère, Frau Lenore se fit un devoir de soumettre Sanine à un interrogatoire serré, et lui qui n'avait encore strictement aucune intention de mariage le matin même quand il allait à son rendez-vous avec Gemma (il ne pensait alors qu'à s'adonner aux élans de sa passion), il entra sans son rôle, dans son rôle de fiancé, avec le plus grand empressement et, on peut le dire, avec emballement, il répondit de bonne grâce et par le menu à toutes les questions. S'étant assurée qu'il était de pure noblesse héréditaire, et légèrement étonnée qu'il ne fût pas prince, Frau Lenore prit un air grave et « le prévint d'avance » qu'elle serait avec lui d'une franchise intraitable, parce que cela lui était imposé par son devoir sacré de mère ! – à quoi il répliqua qu'il n'attendait pas autre chose d'elle et qu'il lui demandait lui-même instamment de ne pas le ménager !

Frau Lenore lui fit remarquer que M. Kluber (quand elle eut prononcé ce nom, elle soupira un peu, pinça les lèvres et s'arrêta), M. Kluber, l'*ancien* fiancé de Gemma, possédait actuellement déjà huit mille florins de revenu, et que cette somme s'accroîtrait rapidement d'année en année, et lui, alors, M. Sanine, quel était son revenu ?

« Huit mille florins, répéta lentement Sanine. Ça fait dans notre monnaie environ quinze mille roubles papier[1]... Mon revenu est bien plus modeste. J'ai une petite propriété dans le gouvernement[2] de Toula... avec une bonne gestion elle peut donner, elle doit absolument en rapporter de cinq à six mille... Oui, et si je prends du service, je toucherai facilement dans les deux mille d'appointements.

— Du service en Russie ? s'écria Frau Lenore. Donc, je devrai me séparer de Gemma !

— Je pourrais me faire nommer dans la diplomatie ; j'y ai quelques relations... Là, le service se fait à l'étranger. Sinon, on peut encore faire ça, et c'est d'ailleurs la meilleure solution : vendre la propriété et placer le capital ainsi obtenu dans une entreprise intéressante, par exemple, la rénovation de votre confiserie. »

Il sentait bien qu'il débitait des inepties, mais une audace incompréhensible le possédait ! Dès qu'il regardait Gemma, qui depuis le début de la conversation « pratique », à tout bout de champ se levait, marchait dans la pièce, se rasseyait, il se sentait prêt à soulever des montagnes, tout de suite, pourvu qu'elle ne s'inquiète pas !

« M. Kluber aussi voulait me donner une petite somme pour arranger la confiserie, déclara Frau Lenore, après une brève hésitation.

— Maman ! Au nom du ciel ! Maman ! s'exclama Gemma en italien.

— Il faut parler de ces choses au préalable, ma fille, répondit Frau Lenore dans la même langue. »

Elle se retourna vers Sanine et lui demanda quelles lois régissaient en Russie le mariage et s'il n'y avait pas d'empêchement à une union avec une catholique, comme c'est le cas en Prusse ? (À cette époque, en 1840, l'Allemagne entière se souvenait encore de la querelle du gouvernement prussien avec l'archevêque de Cologne à propos des mariages mixtes.) Quand elle entendit qu'épousant un noble russe, sa fille serait *ipso facto* anoblie, elle afficha un certain plaisir.

« Mais vous devez d'abord vous rendre en Russie ?

— Pourquoi ?

— Comment ça ? Pour obtenir l'autorisation de votre gouvernement. »

Sanine lui expliqua que ce n'était pas obligatoire du tout... mais

---

1. Il s'agit de l'assignat, ancienne unité monétaire valant 3,5 fois moins que le rouble d'argent.
2. La province.

que peut-être lui faudrait-il séjourner brièvement en Russie avant son mariage (à ces mots, il eut un douloureux pincement au cœur ; Gemma s'en aperçut, rougit et resta pensive), et qu'il profiterait de ce séjour dans sa patrie pour vendre sa propriété... en tout cas, il en rapporterait l'argent nécessaire.

« Je vous demanderai également de me rapporter de là-bas du bel astrakan pour me faire un gilet, dit Frau Lenore. Là-bas ils sont, à ce qu'on dit, singulièrement beaux et bon marché !

— Sans faute, c'est avec le plus grand plaisir que je vous en rapporterai, à vous et à Gemma.

— Et pour moi un petit chapeau de cuir brodé d'argent, intervint Émile, qui avait montré la tête à la porte de la chambre.

— Entendu, tu l'auras... et pour Pantaleone des escarpins.

— À quoi bon tout ça, à quoi bon ? fit remarquer Frau Lenore. Nous en sommes aux choses sérieuses. Il y a encore ceci, ajouta la dame pratique, vendre la propriété, dites-vous. Bon, mais comment donc allez-vous faire avec vos paysans ? Les vendre eux aussi ? »

Sanine fut piqué au vif. Il se souvint d'avoir parlé à Mme Roselli et à sa fille du servage qui, à ses dires, provoquait en lui une vive indignation ; à diverses reprises il avait assuré qu'au grand jamais il ne vendrait ses paysans, car il considérait cela comme immoral.

« Je m'arrangerai pour vendre ma propriété à une personne dont je connaîtrai les bons côtés, dit-il non sans hésitation, ou alors les paysans eux-mêmes rachèteront leur affranchissement.

— Ça serait mieux, accorda Frau Lenore. Parce que vendre des êtres vivants...

— *Barbari !* » grommela Pantaleone dont on avait aperçu la houppette à la porte de la pièce.

« Ça va mal ! » pensa Sanine qui jeta un regard furtif sur Gemma ; elle semblait n'avoir pas entendu ses dernières paroles. « Bon, ce n'est rien ! » se dit-il.

La conversation « pratique » se poursuivit presque jusqu'à l'heure du déjeuner. À la fin, Frau Lenore était devenue douce comme une agnelle, elle appelait Sanine Dimitri, le menaçait tendrement du doigt et lui promettait de se venger de toutes ses perfidies. Elle s'enquit soigneusement de sa famille, car « ça aussi c'est important » ; elle lui demanda également de lui décrire la cérémonie du mariage selon les rites de l'Église russe, et elle fut ravie de voir déjà Gemma en robe blanche, une couronne dorée au-dessus de la tête.

« C'est qu'elle est belle, ma reine, dit-elle avec la fierté d'une mère, et puis, il n'y en a pas de pareille au monde !

— Il n'y a pas d'autre Gemma au monde ! reprit Sanine.

— Certes, c'est pour ça qu'elle est Gemma ! » (En italien le mot *gemma* signifie « pierre précieuse ».)

Gemma se jeta au cou de sa mère... Maintenant seulement elle parut respirer librement, elle s'était délestée du fardeau qui pesait sur elle.

Quant à Sanine, il se sentit tout à coup si heureux, son cœur s'emplissait d'une telle gaieté enfantine à l'idée que s'étaient réalisés ces rêves auxquels il s'était abandonné récemment en ce même lieu ; son effervescence était telle qu'il courut à la confiserie ; il voulait à tout prix attendre les clients au comptoir, comme quelques jours auparavant... « J'en ai désormais parfaitement le droit ! Je suis maintenant de la maison ! » pensait-il.

Effectivement, il se mit derrière le comptoir et fit marcher le commerce, c'est-à-dire qu'à deux jeunes filles qui demandaient une livre de bonbons il en donna deux pour le prix d'une.

Au repas, comme fiancé, il prit place à côté de Gemma, comme l'exigeait l'étiquette. Frau Lenore ne démordait pas de ses considérations pratiques. Émile riait à tout bout de champ et insistait pour que Sanine l'emmenât en Russie. On décida que Sanine partirait dans deux semaines. Seul Pantaleone faisait une mine un peu morose, et Frau Lenore dut le gourmander : « Et dire qu'il a été second au duel ! » Pantaleone fit la moue.

Gemma restait le plus souvent silencieuse, mais jamais son visage n'avait été aussi beau et limpide. Après le déjeuner elle fit venir Sanine un instant dans le jardin, s'arrêta près du banc où, trois jours avant, elle triait les cerises, et dit :

« Dimitri, ne te fâche pas ; je veux encore te le rappeler : tu ne dois pas te considérer comme lié... »

Il ne la laissa pas terminer...

Gemma détourna le visage.

« À propos de ce que disait maman, tu te souviens ? La différence entre nos religions, eh bien voilà !.. »

Elle prit la petite croix de grenats qu'elle portait à son cou, la détacha de son fil et la lui donna.

« Si je suis tienne, ta foi est aussi la mienne ! »

Les yeux de Sanine étaient encore humides quand il rentra avec Gemma dans la maison.

Le soir, la vie avait repris son train-train. On joua même au *tresette.*

XXXI

Le lendemain, Sanine se réveilla de très bonne heure. Il se trouvait au comble du bonheur humain, mais ce n'était pas ce qui l'empêchait de dormir ; la question, vitale et fatale – comment vendre sa propriété le plus vite possible et au meilleur prix ? – troublait son repos. Les plans les plus divers se croisaient dans son esprit, sans qu'aucun fût bien clair. Il sortit dans la rue pour prendre l'air et se rafraîchir les idées. Il tenait à se présenter devant Gemma avec un projet bien ficelé.

* *
*

Qui est donc cette personne assez forte et aux jambes lourdes, bien habillée, qui va devant lui, clopin-clopant, se dandinant ? Où a-t-il déjà vu cette nuque embroussaillée de mèches blondasses, cette tête plantée directement sur les épaules, ce dos mou et gras, ces grosses mains flasques ? Serait-ce... Polozov, ce vieux camarade de pension qu'il avait perdu de vue, il y a cinq ans déjà ? Sanine le dépassa et se retourna... la face large, jaunâtre, les petits yeux porcins avec les cils et les sourcils blancs, le nez épaté, les grosses lèvres comme collées, le menton tout en rondeur et imberbe, et sur tout le visage cette expression aigre, indolente, méfiante, mais oui, c'est bien lui, Ippolite Polozov !

« Mon étoile brillerait-elle de nouveau ? » pensa Sanine.

« Polozov ! Ippolite Sidorovitch ! C'est toi ? »

La personne s'arrêta, leva ses yeux minuscules, attendit un bref instant et décolla enfin ses lèvres pour dire d'une voix enrouée de fausset :

« Dmitri Sanine ?

— Lui-même ! s'écria Sanine qui serra une des mains de Polozov ; étroitement gantées de cuir glacé gris-violet, elles pendouillaient sans vie le long de ses cuisses saillantes. Tu es ici depuis longtemps ? D'où viens-tu ? Où es-tu descendu ?

— Je suis arrivé hier de Wiesbaden, répondit tranquillement

Polozov, faire des achats pour ma femme et je repars aujourd'hui même.

— Ah, c'est vrai, tu es marié, et à une beauté, à ce qu'on dit ! »

Polozov détourna son regard. « Oui, c'est ce qu'on dit. »

Sanine rit.

« Je vois que tu es toujours le même personnage... flegmatique, que tu étais en pension.

— Pourquoi devrais-je changer ?

— Et on dit, ajouta Sanine, en mettant l'accent sur le mot « dit », que ta femme est très riche.

— On dit ça aussi.

— Mais toi, Ippolite Sidorovitch, est-ce que tu l'ignores ?

— Moi, mon ami, Dmitri... Pavlovitch ? C'est ça, Pavlovitch ! Je ne me mêle pas des affaires de ma femme.

— Tu ne t'en mêles pas ? D'aucune affaire ? »

Polozov détourna les yeux encore une fois.

« D'aucune, mon ami. Elle a ses affaires, j'ai les miennes.

— Où vas-tu maintenant ?

— Nulle part ; je suis dans la rue et je converse avec toi ; et quand nous aurons fini, j'irai dans mon hôtel pour déjeuner.

— Veux-tu de moi comme compagnon ?

— Tu parles du déjeuner ?

— Oui.

— Fais-moi ce plaisir, c'est bien plus gai à deux. Tu n'es pas bavard, je crois ?

— Je ne pense pas.

— Bon d'accord. »

Polozov, accompagné de Sanine, reprit sa marche. Celui-ci pensait – Polozov avait resserré ses lèvres et pataugeait en silence – : comment ce lourdaud a-t-il réussi à décrocher une femme belle et riche ? Lui, ni fortuné, ni notable, ni intelligent ; en pension il passait pour obtus et veule, une marmotte et un goinfre, et on l'avait surnommé le « baveux ». Un miracle !

« Au fait, si sa femme est très riche – on raconte qu'elle est la fille d'un *otkoupchtchik* [1], pourquoi n'achèterait-elle pas ma propriété ? Il a beau dire qu'il ne s'occupe pas des affaires de sa femme, on a du mal à y croire ! De plus, je fixerai un prix raisonnable, intéressant ! Pourquoi ne pas tenter le coup ? C'est peut-être ma bonne étoile... C'est décidé, je tente ! »

Polozov amena Sanine dans un des meilleurs hôtels de Franc-

1. Personne qui a acheté le droit de prélever les impôts et taxes au nom de l'État.

fort, où il avait pris la meilleure chambre. Des cartons, des caisses, des ballots s'empilaient sur les chaises et les tables... « Tout ça, mon vieux, ce sont des emplettes pour Maria Nikolaïevna ! » Il se laissa tomber dans un fauteuil, gémit : « Foutue chaleur ! », et dénoua sa cravate. Ensuite il sonna le maître d'hôtel et commanda minutieusement un déjeuner à tout casser. « Et que la voiture soit prête à une heure ! Vous entendez, à une heure précise ! »

Le maître d'hôtel obséquieux s'inclina et se retira servilement.

Polozov déboutonna son gilet. Le simple fait qu'il fronçait les sourcils, faisait la grimace et soufflait bruyamment, indiquait que ce serait un poids pour lui de parler ; il devait se demander, non sans quelque crainte, si Sanine le forcerait à bavarder ou s'il ferait lui-même les frais de la conversation.

Sanine avait compris l'humeur de son ami, aussi ne l'accabla-t-il pas de questions ; il se borna au strict nécessaire ; il apprit que Polozov avait servi deux années dans l'armée (dans les uhlans ! Il devait avoir fière allure en tunique courte !), qu'il s'était marié trois ans auparavant et qu'il se trouvait depuis plus d'un an à l'étranger avec sa femme, « qui en ce moment prenait les eaux à Wiesbaden », avant de partir pour Paris. De son côté, Sanine aussi se montra peu loquace à propos de sa vie passée et de ses projets ; il alla sans détour à l'essentiel, la vente de sa propriété.

Polozov l'écoutait en silence ; parfois seulement il regardait du côté de la porte, qui devait donner le passage au déjeuner. Le déjeuner arriva enfin. Le maître d'hôtel, accompagné de deux serveurs, apporta plusieurs plats sous des couvercles d'argent.

« C'est dans le gouvernement de Toula, cette propriété ? demanda Polozov qui s'asseyait à table et accrochait une serviette au col de sa chemise.

— Oui, de Toula.

— District d'Éfrémov... Je connais.

— Tu connais ma terre d'Alexievka ? demanda Sanine qui se mit aussi à table.

— Bien sûr. (Il enfourna un morceau d'omelette aux truffes.) Ma femme, Maria Nikolaïevna, a une propriété dans le voisinage... Garçon, débouchez cette bouteille ! La terre n'est pas vilaine, mais les moujiks t'ont coupé la forêt. Pourquoi vends-tu ?

— J'ai besoin d'argent, mon ami. Je vendrai bon marché. Tu devrais l'acheter, au fait. »

Polozov avala un verre de vin, s'essuya avec sa serviette et recommença à mâcher, avec lenteur et bruit.

« Ouais, dit-il enfin. Je n'achète pas de propriétés : je n'ai pas de capitaux. Passe-moi le beurre. Ma femme l'achèterait peut-être.

Parle avec elle. Quand on n'est pas trop gourmand, elle ne crache pas dessus... Bougres d'Allemands, des ânes ! Ils ne savent pas cuire le poisson. Et pourtant quoi de plus simple, non ? Et ils ont encore le culot de dire : « Il faut réunifier notre Vaterland[1] » Garçon, chargez-vous de cette cochonnerie !

— C'est un peu fort, ta femme gère elle-même ses domaines ?

— Oui. Ces côtelettes sont bonnes. Je te les recommande. Je t'ai déjà dit et je te le répète, Dmitri Pavlovitch, je ne m'occupe d'aucune des affaires de ma femme. »

Polozov continuait de se goinfrer.

« Hum... Comment vais-je négocier avec elle, Ippolite Sidorovitch ?

— C'est fort simple, Dmitri Pavlovitch. Viens à Wiesbaden, c'est tout près. Garçon, avez-vous de la moutarde anglaise ? Non ? Les animaux ! Mais ne perds pas de temps. Nous partons après-demain pour Paris. Tu permets, je te sers un verre, un vin avec un de ces bouquets, c'est pas de la piquette. »

Le visage de Polozov s'anima et prit des couleurs ; ça lui arrivait seulement quand il mangeait... ou buvait.

« Vraiment, je ne sais pas quoi faire ! bredouilla Sanine.

— Quelle mouche t'a brusquement piqué ?

— Eh bien, oui, une mouche m'a piqué.

— Tu as besoin d'une forte somme ?

— Oui. J'ai... comment te dire ça ? j'ai imaginé de... me marier. »

Polozov reposa le verre qu'il allait porter à ses lèvres.

« Te marier ! s'exclama-t-il d'une voix faussée par la surprise et il croisa ses grosses mains sur son estomac. Subitement, comme ça ?

— Oui... rapidement.

— La fiancée est en Russie, je suppose ?

— Non, pas en Russie.

— Où donc ?

— Ici, à Francfort.

— Et qui est-ce ?

— Une Allemande, c'est-à-dire, non, une Italienne. Qui vit ici.

— Avec un capital ?

— Sans capital.

— C'est donc un très grand amour ?

— T'es drôle toi ! Oui, grand.

— Et pour ça il te faut de l'argent ?

— Oui, oui, oui. »

1. La patrie.

Polozov avala son vin, se rinça la bouche et se lava les mains, les essuya soigneusement et alluma un cigare. Sanine le regardait sans rien dire.

« Un seul moyen, marmonna enfin Polozov, la tête renversée en arrière et rejetant une fine fumée. Viens voir ma femme. Si elle veut, elle te sortira de là en un tour de main.

— Mais comment la verrai-je, ta femme ? Tu dis que vous partez après-demain ? »

Polozov ferma les yeux.

« Je vais te dire. File à la maison, habille-toi en vitesse et reviens ici. Je pars dans une heure, ma voiture est spacieuse, je t'emmène. C'est ce qu'il y a de mieux à faire. Et maintenant je fais la sieste. Tu vois, dès que j'ai mangé, il faut que je dorme. La nature l'exige, et moi, je ne résiste pas. Ne me dérange pas. »

Sanine réfléchit et réfléchit encore, et soudain releva la tête : il avait pris sa décision !

« C'est bon, d'accord, je te remercie. Je serai là à midi et demi, et nous irons ensemble à Wiesbaden. J'espère que ta femme ne le prendra pas mal... »

Polozov ronflait déjà. Il balbutia : « Ne me dérange pas ! », laissa pendre ses jambes et s'endormit comme un ange.

Encore une fois Sanine considéra ce corps lourd, la tête, le cou, le menton haut, rond comme une pomme, il sortit de l'hôtel et se dirigea à pas rapides vers la confiserie Roselli. Il fallait bien prévenir Gemma.

XXXII

Il les trouva toutes deux dans la boutique. Frau Lenore, courbée, mesurait avec une règle pliante les écarts entre les fenêtres. Quand elle aperçut Sanine, elle se redressa et l'accueillit gaiement, mais non sans une légère gêne.

« Depuis vos propos d'hier, commença-t-elle, je ne pense plus qu'à arranger notre boutique. Là, par exemple, je verrais bien deux petites armoires avec des rayons en miroir. Vous savez, aujourd'hui c'est à la mode. Et puis encore...

— Parfait, parfait – Sanine l'avait interrompue – il faudra régler tout ça. Mais venez vite ici, j'ai quelque chose à vous dire. »

Il prit Frau Lenore et Gemma par les bras et les conduisit dans l'autre pièce. Frau Lenore, qui s'était alarmée, laissa choir sa règle.

Gemma allait aussi s'inquiéter, mais elle regarda attentivement Sanine et fut rassurée. Son visage, certes soucieux, demeurait alerte et résolu.

Il les fit s'asseoir, lui resta debout devant elles et, avec force gestes, les cheveux en bataille, il les mit au courant de tout : la rencontre de Polozov, l'éventuel départ pour Wiesbaden, la possibilité de vendre sa propriété.

« Imaginez ma chance, s'exclama-t-il, l'affaire a pris une tournure telle que je n'aurais peut-être pas besoin d'aller en Russie ! Comme ça on pourra célébrer la noce bien plus tôt que je ne pensais !

— Quand devez-vous partir ? demanda Gemma.

— Aujourd'hui même, dans une heure ; mon ami a loué une voiture, il m'amènera à destination.

— Vous nous écrirez ?

— Sans tarder ! Je vous écrirai dès que j'aurai discuté avec cette dame.

— Cette dame, dites-vous, est fort riche ? demanda Frau Lenore à l'esprit toujours aussi pratique.

— Immensément ! Son père était millionnaire et lui a tout laissé.

— Tout, à elle seule ? Eh bien, c'est votre chance. Mais faites attention à ne pas vendre votre bien pour une bouchée de pain ! Soyez raisonnable et ferme. Ne vous laissez pas faire ! Je comprends votre désir d'épouser Gemma le plus tôt possible... mais la prudence avant tout ! Ne l'oubliez pas : plus vous vendrez cher, plus il en restera à vous deux, et à vos enfants. »

Gemma se détourna, et Sanine se reprit à gesticuler.

« Vous pouvez être sûre de ma prudence, Frau Lenore ! Je ne la laisserai pas marchander. Je lui dirai le juste prix : tant mieux si elle est d'accord ; sinon, tant pis pour elle.

— Vous la connaissez, cette dame ? demanda Gemma.

— Je ne l'ai jamais vue..

— Quand reviendrez-vous ?

— Après-demain si notre affaire échoue ; si nous tombons d'accord, sans doute devrai-je rester là-bas un jour ou deux de plus. En tout cas, je ne perdrai pas une minute. Car je laisse mon âme ici ! Mais je cause trop, je dois encore passer à l'hôtel avant le départ. Donnez-moi votre main, ça me portera bonheur, Frau Lenore, on fait toujours comme ça chez nous en Russie.

— La gauche ou la droite ?

— La gauche, celle du cœur. Je reviendrai après-demain vaincu ou hissé sur le pavois ! Quelque chose me le dit, je serai vainqueur ! Adieu, mes bonnes, mes très chères... »

Il étreignit et embrassa Frau Lenore ; il demanda à Gemma de le suivre dans sa chambre pour une minute, car il avait à l'informer d'une affaire d'importance. Il avait tout simplement envie de lui dire au revoir en tête à tête. Frau Lenore l'avait compris et ne poussa pas la curiosité plus loin...

Sanine n'avait jamais encore été dans la chambre de Gemma. Tous les sortilèges de l'amour, toute l'ardeur, les élans et les doux effrois de l'amour s'éveillèrent en lui, envahirent son âme dès qu'il eut franchi le seuil intime... Il jeta tout autour un regard attendri, tomba aux pieds de sa bien-aimée et appuya son visage contre sa taille...

« Tu es à moi ? lui chuchota-t-elle, tu reviendras bientôt ?

— Je suis à toi... je reviendrai, assurait-il hors d'haleine.

— Je t'attendrai, mon chéri ! »

Quelques instants après, Sanine courait à son hôtel. Il n'avait pas remarqué que Pantaleone, ébouriffé, était sorti par la porte de la confiserie, s'était élancé à sa suite et lui criait quelque chose, brandissant un bras haut levé, comme s'il le menaçait.

* *
*

À une heure moins le quart précise, Sanine se présenta chez Polozov. La voiture à quatre chevaux stationnait déjà devant l'hôtel. Quand il vit Sanine, il lâcha simplement : « Ah, tu t'es décidé ? », puis mit chapeau, manteau, caoutchoucs, se bourra les oreilles de coton, bien qu'on fût en été, et sortit sur le perron. Selon ses instructions, à l'intérieur de la voiture les garçons disposèrent ses nombreuses courses, garnirent l'endroit où il serait assis de petits coussins de soie, de sacs, de ballots, déposèrent à ses pieds un panier de victuailles et attachèrent une malle au siège du cocher. Polozov paya royalement et, poussé respectueusement aux fesses par le portier complaisant, il se hissa en geignant dans la voiture, s'assit, tapota tout autour de lui comme il faut, choisit et alluma un cigare, et alors seulement fit un signe du doigt à Sanine : « Allez, monte toi aussi ! » Sanine s'installa à côté de lui. Polozov avait donné l'ordre au postillon, par l'intermédiaire du portier, de conduire convenablement... s'il tenait à recevoir un pourboire ; les marchepieds grincèrent, les portières claquèrent, la voiture s'ébranla.

XXXIII

Aujourd'hui Wiesbaden est à moins d'une heure de train de Francfort, mais en ce temps-là il fallait aux voitures de poste trois heures et changer cinq fois de chevaux. Polozov sommeillait, se laissait bercer, le cigare entre les dents, et parlait très peu ; il ne jeta pas un seul regard par la portière : les vues pittoresques ne l'intéressaient pas et il déclara même : « La nature, c'est ma mort ! » Sanine se taisait aussi et n'admirait pas le paysage ; il n'avait pas la tête à ça. Il était tout entier absorbé dans ses pensées, dans ses souvenirs. Polozov payait régulièrement les relais de poste, notait l'heure et récompensait les postillons selon leur zèle. À mi-chemin il sortit du panier de victuailles deux oranges, choisit pour lui la plus belle et proposa l'autre à Sanine qui regarda fixement son compagnon et éclata de rire.

« Qu'est-ce qui te prend ? lui demanda Polozov qui détachait avec soin la peau du fruit avec ses ongles blancs et courts.

— Ce qu'il y a ? dit Sanine. C'est notre voyage à tous les deux.

— Eh bien quoi ? redemanda l'autre en poussant dans sa bouche un de ces quartiers constituant la chair de l'orange.

— Il est tout ce qu'il y a de plus étrange. Hier, je l'avoue, je ne pensais pas plus à toi qu'à l'empereur de Chine, et aujourd'hui je vais avec toi vendre ma propriété à ta femme que je ne connais d'ailleurs ni d'Ève ni d'Adam.

— Tout arrive. Vis un peu, t'en verras des vertes et des pas mûres. Moi, par exemple, peux-tu m'imaginer à cheval comme officier d'ordonnance ? C'est pourtant ce que j'étais, et le grand prince Mikhaïl Pavlovitch m'a commandé un jour : « Au trot, au trot, le gros cornette[1] ! Au trot, plus vite ! »

Sanine se gratta l'oreille.

« Dis-moi, je te prie, Ippolite Sidorovitch, comment est-elle, ta femme ? Son caractère ? Il faut que je le sache, tu comprends ?

— Lui, il avait le beau rôle, de commander : « Allez, au trot ! », reprit Polozov emporté brusquement. Mais moi... qu'est-ce que je devais faire ? Alors je me suis dit : reprenez vos grades et vos épaulettes, qu'ils aillent au diable ! Ah oui... tu m'as questionné sur mon épouse ? Une femme, c'est quoi ? Une personne comme les autres.

1. Premier grade d'officier dans la cavalerie.

Ne la roule pas dans la farine, elle n'aime pas ça. Surtout, parle le plus possible... pour faire rire. Parle de ton amour, non ?... mais que ce soit drôle, tu piges.

— Comment ça, drôle ?

— Comme ça. Tu m'as bien raconté que tu étais amoureux, que tu voulais te marier. Eh bien voilà, décris ça. »

Sanine se vexa.

« Tu trouves ça drôle ? »

Polozov détourna son regard. Le jus de l'orange lui coulait sur le menton.

« C'est ta femme qui t'a envoyé en courses à Francfort ? demanda Sanine après une brève pause.

— Eh oui.

— Quelles courses ?

— Des jouets, voyons.

— Des jouets ? Tu as des enfants ? »

Polozov s'écarta de Sanine.

« Tiens donc, des enfants ? Manquait plus que ça ! J'ai acheté aussi des colifichets de dame... des parures, des objets de toilette.

— Tu t'y connais dans ce domaine ?

— Je m'y connais.

— Tu m'as pourtant dit que tu ne t'occupais pas des affaires de ta femme !

— Je ne m'occupe pas d'autre chose. Mais ça... ça va. Ça coupe l'ennui. Et puis, ma femme s'en remet à mon goût. Et puis je suis fort pour marchander. »

Polozov commençait à tenir des propos décousus ; il était déjà fatigué.

« Elle est très riche, ta femme ?

— Riche, sûr qu'elle l'est. Surtout pour elle-même.

— Pourtant, tu n'as pas à te plaindre, semble-t-il.

— Je suis le mari. J'aurais tort de ne pas en user ! En plus, je lui suis utile ! Avec moi elle est à l'aise ! Je l'arrange ! »

Il s'épongea le visage avec un foulard et souffla lourdement :

« Épargne-moi, je te dis ; ne me force pas à dire encore un seul mot. Tu vois comme je suis mal ».

Sanine le laissa tranquille et replongea dans ses pensées.

* *
*

À Wiesbaden, la voiture s'arrêta devant un hôtel, un vrai palais. Tout de suite des clochettes retentirent dans ses profondeurs, des gens se mirent à s'agiter et à courir dans tous les sens ; d'élégants personnages en habit noir bondirent vers la grande entrée ; un suisse tout doré se précipita pour ouvrir les portières de la voiture.

Avec une mine de triomphateur, Polozov en descendit et commença l'ascension du perron qui était couvert de tapis et embaumait. Son valet de chambre, un homme parfaitement habillé, mais au visage russe, accourut. Polozov lui dit que dorénavant il l'emmènerait toujours avec lui, car, la veille, à Francfort, on l'avait laissé, lui Polozov, une nuit sans eau chaude ! Le valet de chambre afficha l'horreur sur son visage et se baissa prestement pour débarrasser le maître de ses caoutchoucs.

« Maria Nikolaïevna est-elle chez elle ? demanda Polozov.

— Chez elle, monsieur. Madame s'habille. Madame doit déjeuner chez la comtesse Lassounskaïa.

— Ah, chez cette... Attends ! Là dans la voiture il y a des affaires, emporte tout ça. Et toi, Dmitri Pavlovitch, prends une chambre et reviens dans trois quarts d'heure. Nous déjeunerons ensemble. »

Polozov poursuivit son ascension d'un pas majestueux ; Sanine choisit une chambre modeste et, après avoir arrangé sa toilette et prit quelque repos, il se rendit dans l'immense appartement occupé par son Altesse *(Durchlaucht)* le prince von Polozoff.

Il trouva le « prince » trônant sur un luxueux siège de velours, au beau milieu d'un salon splendide. Le flegmatique ami de Sanine avait eu le temps de prendre un bain et de revêtir une somptueuse robe de chambre de velours ; il s'était couvert la tête d'un fez couleur framboise. Sanine s'approcha de lui et le considéra un moment. Polozov restait assis, immobile comme une idole ; il ne tourna même pas son visage du côté de Sanine, il ne fronça même pas les sourcils et n'émit aucun son. Le spectacle, en vérité, était magnifique ! Lorsqu'il l'eut admiré deux ou trois minutes, Sanine voulut parler, rompre ce silence sacré, quand une porte s'ouvrit, livrant passage à une dame jeune, belle, en robe de soie blanche, avec des dentelles noires, des diamants aux mains et au cou, Maria Nikolaïevna en personne. Ses épaisses nattes châtain clair n'étaient pas roulées, mais lui tombaient sur les deux épaules.

XXXIV

« Ah, excusez-moi ! dit-elle avec un sourire mi-confus mi-ironique, tout en saisissant de la main le bout d'une natte et fixant Sanine de ses grands yeux gris lumineux. Je ne pensais pas que vous étiez déjà arrivés.

— Sanine, Dmitri Pavlovitch, mon ami d'enfance, dit Polozov sans le regarder et sans se lever, le désignant simplement du doigt.

— Oui... Je sais. Tu m'en avais déjà parlé. Très heureuse de faire votre connaissance. Ippolite Sidorovitch, ma femme de chambre ne comprend rien à rien aujourd'hui... tu ne voudrais pas...

— Te coiffer ?

— C'est ça, s'il te plaît. Excusez-moi », répéta Maria Nikolaïevna avec le même sourire. Elle fit un signe de tête à Sanine, tourna lestement sur elle-même et disparut, laissant derrière elle l'impression éphémère, mais harmonieuse, d'un cou charmant, d'épaules admirables et d'une taille adorable.

Polozov se leva et la suivit d'un pas lourd.

Pas une seconde Sanine ne douta que Maria Nikolaïevna avait été parfaitement informée de sa présence dans le salon du « prince Polozoff » ; c'était de l'épate destinée à montrer ses cheveux, qui effectivement étaient beaux. Sanine se réjouit d'ailleurs de cette gaminerie, car, pensait-il, si elle veut me frapper et m'éblouir, peut-être sera-t-elle accommodante pour l'achat de ma propriété. Gemma occupait tant de place dans son cœur que les autres femmes n'avaient plus aucune importance pour lui : il les remarquait à peine ; cette fois-ci également il se contenta de penser : « Oui, on disait vrai : cette dame est ravissante ! »

S'il n'avait pas été dans cette disposition d'esprit exclusive, il se serait sans doute exprimé différemment : Maria Nikolaïevna Polozova, née Kolychkina, était tout à fait remarquable de sa personne. Non qu'elle fût d'une beauté accomplie : on observait même sur elle les traces de ses origines plébéiennes : front bas, nez un peu charnu et retroussé ; elle ne pouvait se flatter ni de la finesse de sa peau, ni de la grâce des bras et des jambes. Alors de quoi ? Qui la rencontrait ne s'arrêtait pas devant un « sanctuaire de la beauté », pour employer les mots de Pouchkine, mais devant le charme d'un corps de femme, vigoureux, resplendissant, russe et tzigane à la fois... et il s'arrêtait sans y être contraint, de son propre gré !

Mais l'image de Gemma protégeait Sanine comme la triple armure chantée par les poètes.

Une dizaine de minutes plus tard, Maria Nikolaïevna réapparut en compagnie de son mari. Elle s'avança vers Sanine... et sa démarche était de celles qui faisaient perdre la tête à certains fous dans les temps, hélas ! lointains. « Cette femme, quand elle vient à toi, tu sens qu'elle t'apporte et t'offre tout le bonheur de ta vie », disait l'un d'eux. Elle s'avança vers Sanine, elle lui tendit la main et lui dit en russe d'une voix chaude légèrement retenue : « Vous m'attendrez, n'est-ce pas ? Je ne tarderai pas. »

Sanine s'inclina respectueusement, et Maria Nikolaïevna allait disparaître derrière une portière, mais à ce moment-là elle se tourna et adressa par-dessus son épaule un nouveau sourire, laissant encore une fois la même impression d'harmonie.

Quand elle souriait, ce n'était pas une ou deux, mais bien trois fossettes qui se faisaient voir sur chaque joue, et ses yeux souriaient encore plus que ses lèvres vermeilles, appétissantes, avec deux mignons grains de beauté du côté gauche.

Polozov fit irruption dans la pièce et reprit sa place dans le fauteuil. Il n'ouvrait pas la bouche, à son habitude ; seul un sourire moqueur gonflait parfois ses joues blêmes et déjà ridées.

Il faisait déjà petit vieux, bien qu'il fût l'aîné de Sanine de trois ans seulement.

Le déjeuner dont il régala son invité aurait satisfait le gastronome le plus raffiné, mais à Sanine il sembla interminable, insupportable ! Polozov mangeait lentement, « avec sentiment, esprit, en s'arrêtant [1] », concentré sur son assiette, reniflant presque chaque morceau : il se rince la bouche avec du vin, puis l'avale et fait claquer ses lèvres... Après le rôti sa langue tout à coup se délia, mais pour parler de quoi ? Des mérinos dont il comptait faire venir un troupeau entier ; il décrivait tout dans les détails, avec tendresse, en employant constamment des diminutifs. Après avoir bu une tasse de café bouillant (d'une voix pleurnicharde et courroucée, il rappela plusieurs fois au garçon qu'hier on lui avait servi du café froid) et mordu un havane de ses dents jaunes mal plantées, il s'endormit selon son habitude, à la grande joie de Sanine qui se mit à arpenter le tapis moelleux à pas de loup et à penser à sa future vie avec Gemma, à la nouvelle qu'il lui apporterait. Cependant Polozov s'éveilla, à ses propres dires, plus tôt que d'habitude

1. Citation tirée du *Malheur d'avoir de l'esprit* de Griboïédov.

– il n'avait dormi qu'une heure et demie –, il but un verre d'eau de Seltz avec de la glace, puis avala huit bonnes cuillerées de confiture, de confiture russe que lui servit le valet de chambre dans un authentique pot « kiévien » vert foncé et sans lequel, d'après lui, il ne pouvait vivre ; il fixa Sanine de ses yeux bouffis et lui demanda s'il ne voulait pas jouer aux cartes avec lui. Sanine ne se fit pas prier ; il craignait que Polozov ne remît ça avec ses moutonnets, ses agnelles, ses petites bêtes à la queue grasse. Ils passèrent tous deux dans le salon, le serveur apporta des cartes et le jeu commença, pas pour de l'argent, bien entendu.

Maria Nikolaïevna, revenue de chez la comtesse Lassounskaïa, les trouva à cette innocente occupation.

Elle partit d'un rire sonore quand, entrée au salon, elle vit les cartes et la table de jeu. Sanine se leva vivement, mais elle s'exclama :

« Restez assis, jouez. Je me change et je reviens », et elle disparut une nouvelle fois, avec des bruissements de robe, retirant ses gants en marchant.

En effet, elle revint très vite. Elle avait changé sa robe de sortie pour une large tunique de soie lilas aux manches ouvertes et flottantes ; sa taille était prise dans un épais cordon tressé. Elle s'assit près de son mari, attendit la fin de la partie et lui dit : « Allez, gros père, ça suffit ! (à ces mots de « gros père », Sanine stupéfait la regarda et Maria Nikolaïevna lui sourit gaiement, en le regardant elle aussi et montrant toutes les fossettes de ses joues). Ça suffit, je vois bien, tu as envie de dormir ; baise-moi la main et file, nous allons bavarder, monsieur Sanine et moi.

Je n'ai pas sommeil, dit Polozov qui se leva lourdement de son fauteuil, mais je vais filer et te baiser la main. » Elle lui présenta la paume d'une main, sans cesser de sourire et de regarder Sanine.

Polozov le regardait aussi et sortit sans prendre congé.

« Alors, racontez, racontez, dit-elle vivement, posant ses deux coudes dénudés sur la table et se tapotant les ongles des mains. C'est donc vrai, vous vous mariez ? »

Après avoir prononcé ces paroles, Maria Nikolaïevna inclina même légèrement la tête de côté afin de pouvoir plonger un regard plus attentif et perçant dans les yeux de Sanine.

XXXV

La familiarité de Mme Polozova aurait pu d'abord troubler Sanine, bien qu'il ne fût pas débutant et se fût déjà frotté au monde, s'il n'y avait vu un présage favorable pour son entreprise. « Nous allons flatter les caprices de cette richarde », décida-t-il en son for intérieur, et il lui répondit avec la même désinvolture qui avait caractérisé la question :

« Oui, je me marie.

— Avec qui ? Une étrangère ?

— Oui.

— Vous avez fait récemment sa connaissance ? À Francfort ?

— C'est ça.

— Et qui est-ce ? Peut-on le savoir ?

— Bien sûr. C'est la fille d'un confiseur. »

Maria Nikolaïevna écarquilla les yeux et haussa les sourcils.

« Mais c'est charmant, c'est merveilleux ! Je me disais déjà, des jeunes gens comme vous, ça n'existe plus. Une fille de confiseur !

— Ça vous étonne, je vois, lui fit remarquer Sanine non sans dignité, mais, premièrement, je n'ai pas du tout de ces préjugés...

— *Premièrement*, ça ne m'étonne nullement, l'interrompit Maria Nikolaïevna, et moi non plus je n'ai pas de préjugés. Je suis fille de moujik. Hein, vous n'en revenez pas ! Un homme qui n'a pas peur d'aimer, voilà ce qui m'étonne et me réjouit. Car enfin vous l'aimez ?

— Oui.

— Elle est très belle ? »

Sanine fut choqué par cette dernière question... Cependant il n'y avait plus à reculer.

« Vous savez, Maria Nikolaïevna, chacun trouve sa bien-aimée plus belle que toutes les autres, mais ma fiancée est vraiment une beauté.

— Ah bon ? De quel type ? Italien, antique ?

— Oui, ses traits sont très réguliers.

— Vous n'avez pas son portrait ?

— Non (à cette époque il n'était pas question de photographie ; c'était le tout début du daguerréotype).

— Comment l'appelle-t-on ?

— Son nom est Gemma.

— Et le vôtre ?

— Dimitri.

— Et votre patronyme ?

— Pavlovitch.

— Vous savez quoi, dit Maria Nikolaïevna d'une voix lente, vous me plaisez beaucoup, Dmitri Pavlovitch. Vous êtes certainement un homme bien. Allez, donnez-moi votre main. Soyons amis. »

Elle serra bien fort la main de Sanine de ses doigts gracieux, blancs et vigoureux. Sa main était un tout petit peu plus petite que celle de Sanine, mais bien plus chaude, plus lisse, plus douce, plus vivante, quoi !

« Savez-vous seulement ce qui me passe par la tête ?

— Non.

— Vous n'allez pas vous fâcher, n'est-ce pas ? Elle est votre fiancée, vous dites. Mais... était-ce vraiment nécessaire ? »

Sanine fit la moue.

« Je ne vous comprends pas, Maria Nikolaïevna. »

Elle se mit à rire tout doucement et secoua la tête pour relever ses cheveux qui lui étaient tombés sur les joues.

« Décidément, il est charmant, dit-elle d'un ton pensif ou distrait. Un chevalier ! Après ça, allez croire ceux qui disent que la race des idéalistes s'est éteinte ! »

Maria Nikolaïevna parlait un russe très pur, le vrai moscovite, la langue du peuple, pas celle de l'aristocratie.

« Vous avez certainement été élevé par vos parents, dans une famille très religieuse et attachée aux traditions ? demanda-t-elle. Vous êtes de quel gouvernement ?

— De Toula.

— Alors on a mangé la même kacha. Mon père... Vous savez qui était mon père ?

— Oui.

— Il était né à Toula... Un vrai Toulien. Eh bien... (intentionnellement elle prononça le mot « bien » d'une façon tout à fait populaire, comme ça : « bi-en-en ». Allez, attaquons l'affaire.

— Comment ça, attaquer l'affaire ? que vous plaît-il d'entendre par là ? »

Maria Nikolaïevna cligna les yeux.

« Pourquoi êtes-vous donc venu ici ? (Quand elle plissait les yeux, son regard prenait une expression fort tendre et légèrement narquoise ; quand elle les ouvrait tout grands, en revanche, leur eau limpide et froide recelait quelque chose de méchant... une menace. Les sourcils fournis, légèrement relevés, comme ceux de la zibeline, conféraient à ses yeux une beauté singulière.) Vous voulez que j'achète votre propriété ? Vous avez besoin d'argent pour votre mariage ? N'est-ce pas ?

— Oui, c'est ça.

— Et vous en demandez beaucoup ?

— Je me contenterais d'abord de quelques milliers de francs. Votre époux connaît ma propriété. Vous pouvez lui demander conseil ; je la vendrai bon marché. »

Elle balançait sa tête à droite et à gauche.

« *Premièrement*, commença-t-elle posément, tout en tambourinant du bout des doigts sur le revers de la redingote de Sanine, je n'ai pas l'habitude de prendre conseil auprès de mon mari, si ce n'est pour ma toilette ; là c'est un champion. *Deuxièmement*, pourquoi dites-vous que vous vendrez à bas prix ? Je ne veux pas profiter du fait que vous êtes très amoureux et prêt à tous les sacrifices... Je n'accepterai aucun sacrifice de votre part. Quoi ? Au lieu de vous encourager à... zut, comment dire ça mieux ?... à de nobles sentiments, n'est-ce pas ? je vous écorcherais vif ? Ce n'est pas dans mes habitudes. Quand ça se trouve, je n'épargne pas les gens, mais d'une autre manière. »

Sanine n'arrivait pas à comprendre si elle se riait de lui ou si elle parlait sérieusement, et il se disait : « Holà, avec elle, attention ! »

Un serviteur entra portant sur un grand plateau le samovar russe, le nécessaire à thé, de la crème aigre, des biscottes, etc. ; il disposa toute cette merveille sur une table entre Sanine et Mme Polozova, et sortit.

Elle lui versa une tasse de thé.

« Ça ne vous dégoûte pas ? lui demanda-t-elle en lui mettant de ses doigts un sucre dans la tasse, alors que la pince était à côté.

« De grâce !.. D'une si belle main... »

Il n'acheva pas sa phrase et faillit avaler de travers une gorgée de thé, tandis qu'elle le dévisageait de son regard clair.

« Si j'ai parlé de vendre pas cher ma propriété, poursuivit-il, c'est que vous vous trouvez actuellement à l'étranger et que je puis donc supposer que vous ne disposez pas de beaucoup d'argent liquide, et enfin je sens moi-même que la vente... ou l'achat d'une propriété dans de telles conditions est une chose anormale, que je dois prendre en considération. »

Sanine pataugeait et s'enlisait dans son discours ; Maria Nikolaïevna, qui s'était rejetée en arrière contre le dossier de son fauteuil, les bras croisés, continuait à l'observer du même regard attentif et clair. Enfin il se tut.

« Allez donc, parlez, parlez, dit-elle comme si elle lui venait en aide, je vous écoute, j'aime vous écouter ; parlez. »

Sanine entreprit de décrire sa propriété, la superficie, la situation, la quantité des terres exploitables et les profits qu'on pouvait en tirer... Il mentionna même le site pittoresque de la maison et des bâtiments. Maria Nikolaïevna le buvait des yeux, son regard se faisait de plus en plus clair et fixe, ses lèvres remuaient un tout petit peu, sans sourire ; elle se les mordait. Il finit par se sentir gêné et se tut de nouveau.

« Dmitri Pavlovitch, commença Maria Nikolaïevna, puis elle se mit à réfléchir... Dmitri Pavlovitch, je vais vous dire une chose : je suis sûre que l'achat de votre bien est une affaire très avantageuse pour moi et que nous nous mettrons d'accord ; mais vous devez me donner... deux jours, oui deux jours de délai. Vous êtes sans doute capable de vous séparer de votre fiancée pour deux jours ? Je ne vous retiendrai pas plus longtemps, contre votre volonté, je vous donne ma parole d'honneur. Mais s'il vous faut immédiatement cinq ou six mille francs, j'aurai grand plaisir à vous les prêter, et nous réglerons nos comptes après. »

Sanine se leva.

« Je dois vous remercier, Maria Nikolaïevna, de votre empressement à rendre service à un homme presque inconnu de vous... Mais si vous le désirez vraiment, je préfère attendre votre décision concernant ma propriété, je resterai ici deux jours.

— Oui, je le souhaite, Dmitri Pavlovitch. Mais vous, vous allez beaucoup souffrir ? Beaucoup ? Dites-moi.

— J'aime ma fiancée, Maria Nikolaïevna, et la séparation ne m'est pas facile.

— Ah, vous êtes un homme en or ! soupira-t-elle. Je promets de ne pas vous faire trop languir. Vous partez ?

— Il est déjà tard.

— Et vous devez vous reposer des fatigues du chemin, et du jeu de cartes avec mon mari ; dites, vous êtes un grand ami de lui, d'Ippolite Sidorovitch ?

— Nous avons été en pension ensemble.

— Il était déjà le même ?

— Comment ça, le même ? »

Maria Nikolaïevna éclata soudain de rire, au point d'en avoir le visage tout rouge, elle se tamponna les lèvres avec un mouchoir, se leva de son fauteuil et, comme titubant de fatigue, s'approcha de Sanine et lui tendit la main.

Il la salua bien bas et se dirigea vers la porte.

« Voulez-vous venir demain assez tôt, vous entendez ? » lui

lança-t-elle de loin. Il se retourna au moment de quitter la pièce et la vit se laisser retomber dans le fauteuil et se mettre les deux mains derrière la tête. Les larges manches de sa tunique glissèrent presque jusqu'aux épaules ; il était impossible de nier la beauté enchanteresse de ces bras et de toute cette personne.

XXXVI

La lampe resta allumée dans la chambre de Sanine bien après minuit. Assis au bureau, il écrivait à « sa Gemma ». Il lui raconta tout, lui décrivit les Polozov, mari et femme ; cependant il fit la plus belle part à ses sentiments et conclut en lui fixant rendez-vous dans trois jours !!! (les trois points d'exclamation sont bien de lui). Tôt le matin, il porta la lettre à la poste et fit une promenade dans les jardins du Kurhaus, où la musique jouait déjà. Il y avait encore peu de monde ; il resta debout près du kiosque à musique où se tenait l'orchestre, il écouta un pot-pourri de *Robert le Diable*[1], but le café, prit sur le côté une allée solitaire, s'assit sur un banc et s'abandonna à ses pensées.

La poignée d'une ombrelle, d'un coup prompt et assez ferme, le frappa à l'épaule. Il sursauta... Devant lui, dans une robe légère de laine gris-vert, en chapeau de tulle blanc, en gants de suède, fraîche et rose comme un matin d'été, mais jouissant encore, dans les gestes et le regard, des délices d'un sommeil paisible, Maria Nikolaïevna.

« Bonjour, dit-elle. J'ai envoyé quelqu'un chez vous, mais vous étiez déjà sorti. Je viens de finir mon deuxième verre – vous savez, ici on me force à boire de l'eau – Dieu sait pourquoi... Ne suis-je pas en bonne santé ? Puis je dois me promener durant une heure. Voudriez-vous être mon cavalier ? Après nous boirons le café.

— Je l'ai déjà pris, dit Sanine en se levant, mais je serais très heureux de me promener avec vous.

— Alors, donnez-moi votre bras... Ne craignez rien, votre fiancée n'est pas là, elle ne vous verra pas. »

Sanine fit un sourire forcé. Il éprouvait un malaise chaque fois que Maria Nikolaïevna parlait de Gemma. Cependant il se hâta de lui obéir et s'inclina... Le bras de Maria Nikolaïevna descendit

1. Opéra de G. Meyerbeer.

lentement et avec douceur sur le sien, il se glissa et sembla prendre corps avec celui de Sanine.

« Allons par là, lui dit-elle en reposant son ombrelle ouverte sur une épaule. Je suis dans ce parc comme chez moi, je vais vous conduire dans de beaux endroits. Vous savez quoi (elle affectionnait cette tournure) : nous n'allons pas parler maintenant de cet achat ; nous en discuterons ensemble comme il faut après le déjeuner ; à présent, vous devez me parler de vous... pour que je sache à qui j'ai affaire. Et après, si vous voulez, je vous raconterai qui je suis. Entendu ?

— Enfin, Maria Nikolaïevna, qu'est-ce qui peut bien vous intéresser ?

— Attendez ! Attendez ! Vous ne m'avez pas comprise. Je ne veux pas vous aguicher – Maria Nikolaïevna haussa les épaules. Il a une fiancée aussi belle qu'une statue antique, et je ferais la coquette avec lui ! Vous vendez une marchandise et moi je suis acheteur. Je tiens donc à savoir non seulement ce que j'achète, mais aussi à qui j'achète. C'était le principe de mon père. Eh bien, allez-y... L'enfance, ça n'est pas nécessaire ; alors, par exemple, vous êtes depuis longtemps à l'étranger ? Où étiez-vous jusque-là ? Mais avancez tranquillement, nous ne sommes pas pressés.

— Je reviens d'Italie où j'ai passé quelques mois.

— Vous êtes attiré par tout ce qui est italien ? Vous n'avez pas trouvé fortune *là-bas,* c'est bizarre. Vous aimez les beaux-arts ? Les tableaux ? Ou plutôt la musique ?

— J'aime l'art... J'aime le beau, voyez-vous.

— Et la musique ?

— La musique aussi.

— Moi, je ne l'aime pas du tout. Je n'aime que les chants russes, et encore à la campagne, et au printemps, vous savez, avec les danses... Les cotonnades rouges, les coiffes de perles, l'herbe toute fraîche qui perce dans le pré, une fine odeur de fumée... c'est merveilleux ! Mais il ne s'agit pas de moi. Parlez, racontez ! »

Tout en marchant, Maria Nikolaïevna n'avait de cesse de regarder Sanine. C'était une femme de haute taille ; son visage se trouvait presque au niveau de celui de Sanine.

Il se mit à raconter, d'abord de mauvais gré, gauchement, puis sa langue se délia, s'emballa même. Maria Nikolaïevna écoutait de toute son intelligence, et elle semblait elle-même si ouverte d'esprit que sans le vouloir elle incitait aussi les autres à s'épancher ; elle possédait « le terrible don de la familiarité »[1] dont parlait le car-

1. En français dans le texte.

dinal de Retz. Il retraça ses voyages, sa vie à Saint-Pétersbourg, sa jeunesse... Si elle avait été une femme du monde aux manières raffinées, il ne se serait jamais déboutonné de la sorte ; elle se traitait elle-même de « brave garçon » ayant horreur des cérémonies, et c'est ainsi qu'elle s'était présentée à Sanine. Et en même temps, ce « brave garçon » allait à côté de lui de sa démarche féline, légèrement appuyé à lui et le regardant dans les yeux ; il allait sous l'apparence d'une jeune créature féminine qui exerçait l'impérieuse et lancinante, l'imperturbable et brûlante séduction, dont usent pour nous chauffer à blanc, nous les hommes, faibles pécheurs, seules les natures slaves, et encore pas toutes, et pas de sang pur, mais avec le métissage adéquat !

La promenade de Sanine avec Maria Nikolaïevna, la conversation de Sanine avec Maria Nikolaïevna dura une bonne heure. Pas une fois ils ne s'arrêtèrent ; ils marchaient sans répit dans les allées interminables du parc, montant et admirant la vue au passage, ou descendant dans des creux et disparaissant dans une ombre impénétrable, et tout ce temps-là bras dessus, bras dessous. À certains moments cela contrariait Sanine : jamais il ne s'était promené aussi longtemps avec Gemma, sa chère Gemma, et voilà que cette dame se l'était accaparé, tout simplement !

« N'êtes-vous pas fatiguée ? lui avait-il demandé à plusieurs reprises.

— Je ne suis jamais fatiguée. »

Ils rencontrèrent quelques promeneurs, qui presque tous la saluèrent, certains obséquieusement. À l'un d'eux, un beau brun fort élégant, elle cria de loin, avec le meilleur accent parisien : « Comte, vous savez, il ne faut pas venir me voir – ni aujourd'hui, ni demain [1] ». Il enleva son chapeau et s'inclina profondément.

« Qui est-ce ? demanda Sanine, avec cette sale manie de l'indiscrétion qu'ont tous les Russes.

— Lui ? Un petit Français. Ce n'est pas ce qui manque ici... Il me courtise lui aussi. Mais c'est l'heure du café. Allons chez moi ; vous devez mourir de faim, j'imagine. Mon légitime a déjà allumé ses quinquets, je pense. »

« Son légitime ! Il a allumé ses quinquets ! se disait Sanine. Elle qui parle parfaitement français... Drôle de femme ! »

* *
*

1. En français dans le texte.

Maria Nikolaïevna ne s'était pas trompée. Quand ils revinrent à l'hôtel, il était déjà assis à table, son « légitime », ou encore son « gros père », coiffé de l'éternel fez.

« Je ne t'attendais plus, s'exclama-t-il plein d'aigreur. J'allais prendre le café sans toi.

— Ce n'est rien, rien du tout, répliqua-t-elle gaiement. Tu es fâché ? Ça te fera du bien ; sans ça tu vas te figer. J'ai amené notre invité. Sonne vite ! Allez, buvons le café, le café, le meilleur café, dans des tasses de saxe, sur cette nappe immaculée ! »

Elle se débarrassa de son chapeau, de ses gants, et frappa dans ses mains.

Polozov la regarda par-dessous.

« Qu'avez-vous à vous agiter comme ça aujourd'hui, Maria Nikolaïevna ? lui dit-il à mi-voix.

— Ippolite Sidorovitch, ce ne sont pas vos oignons ! Sonne ! Dmitri Pavlovitch, prenez place et reprenez du café ! Ah ! quelle joie de commander ! Il n'y a pas au monde d'autre plaisir !

— Quand on est obéi, grommela le mari.

— Précisément quand on est obéi ! C'est pourquoi je suis gaie. En particulier avec toi. Pas vrai, mon gros père ? Ah, voilà le café. »

Sur le plateau qu'avait apporté le garçon se trouvait aussi le programme du théâtre. Maria Nikolaïevna s'en saisit sur-le-champ.

« Un drame ! dit-elle mécontente, un drame allemand. Peu importe, c'est mieux qu'une comédie allemande. Qu'on me prenne une loge, une baignoire, ou... non, la Fremden-Loge[1], ordonna-t-elle au garçon. Vous entendez, la Fremden-Loge, sans faute !

— Mais si la Fremden-Loge est déjà prise par son Excellence le Directeur de la ville *(seine Excellenz der Herr Stadt-Direktor)*, se permit de dire le garçon.

— Donnez dix thalers à son Excellence pour que j'aie la loge ! Vous entendez ! »

Docile et maussade, le garçon s'inclina.

« Dmitri Pavlovitch, vous irez au théâtre avec moi ? Les acteurs allemands sont horribles, mais vous viendrez... Hein ? Oui ! Comme vous êtes gentil ! Gros père, et toi, tu ne viendras pas ?

— Comme tu voudras, répondit-il, le nez dans la tasse.

— Tu sais quoi, reste donc. Tu dors toujours au théâtre et en plus tu comprends mal l'allemand. Voici ce que tu vas faire : répondre à l'intendant, tu te souviens, à propos de notre moulin... et du

1. Loge réservée aux hôtes étrangers.

droit des paysans de moudre. Dis-lui que je ne veux pas, je ne veux pas, je ne veux pas ! Ça t'occupera toute la soirée...

— Bon.

— C'est parfait. Quel garçon sage. Et maintenant, messieurs, puisque nous avons parlé des problèmes d'intendance, penchons-nous sur notre principale affaire. Dès que le garçon aura débarrassé la table, vous nous direz tout, Dmitri Pavlovitch, sur votre propriété, le prix de vente, l'acompte à verser, bref, tout ! (« Enfin, pensa Sanine, Dieu merci ! ») Vous m'avez déjà raconté des choses ; votre jardin, je me souviens, vous l'avez décrit magnifiquement, mais « gros père » n'était pas là... Il faut qu'il entende ça, ça le fera grogner ! Il me plaît de penser que je vous aide à vous marier, et d'ailleurs j'ai promis de m'occuper de vous après le déjeuner ; je tiens toujours mes promesses, n'est-ce pas, Ippolite Sidorovitch ? »

Polozov s'épongea le visage de sa main.

« Ce qui est vrai est vrai, vous ne trompez personne.

— Jamais ! Et jamais je ne tromperai quiconque. Eh bien, Dmitri Pavlovitch, exposez l'affaire, comme on dit chez nous au Sénat.

XXXVII

Sanine commença à « exposer l'affaire », c'est-à-dire à décrire, pour la seconde fois, sa propriété, sans mentionner désormais les charmes de la nature, prenant à témoin Polozov pour confirmer les « faits et chiffres » qu'il citait. Mais Polozov se contentait de pousser des « hum ! » et d'agiter la tête – pour approuver ou non, bien malin qui aurait pu le dire. Cependant Maria Nikolaïevna n'avait nul besoin de sa participation. Elle faisait preuve de capacités époustouflantes en matière de commerce et d'administration ! Elle connaissait la gestion dans les moindres détails ; elle s'enquérait soigneusement de tout, elle ne négligeait rien ; chacune de ses paroles portait, mettait les points sur les *i*. Sanine, ne s'attendant pas à un tel examen, il ne s'y était pas préparé. Et cela dura une bonne heure et demie. Il se sentait dans la peau d'un accusé assis sur un petit banc étroit, face à un juge sévère et clairvoyant. « Oui, c'est un interrogatoire ! » se disait-il tristement pour lui-même. Maria Nikolaïevna riait sans cesse, comme si elle plaisantait, mais cela ne facilitait pas la tâche de Sanine, et quand au cours de cet interrogatoire il s'avéra qu'il ne comprenait pas très bien la signification des expressions « redistribution des terres » et « triple labour », la sueur lui perla au front...

« Bon, ça va ! décida enfin Maria Nikolaïevna. Maintenant je connais votre propriété... aussi bien que vous. Quel prix fixerez-vous par âme ? (À cette époque, le prix des propriétés terriennes était ainsi calculé [1].)

— Bon... je pense... pas moins de cinq cents roubles », dit Sanine avec difficulté. (Oh, Pantaleone, Pantaleone, où es-tu ? Voilà pour toi une nouvelle occasion de t'exclamer : *Barbari !*)

Maria Nikolaïevna leva les yeux comme pour réfléchir.

« Eh bien ! dit-elle enfin. Le prix ne semble pas poser de problème. Toutefois je m'étais fixé deux jours de délai, vous devez donc attendre jusqu'à demain. Je pense que nous ferons affaire ; vous me direz alors combien vous voulez d'acompte. Et maintenant *basta cosi* ! s'empressa-t-elle de dire quand elle eut remarqué que Sanine voulait répliquer quelque chose. Nous nous sommes suffisamment occupés du vil métal... *à demain les affaires !* [2] Vous savez quoi, vous pouvez disposer (elle avait regardé sa petite montre émaillée attachée à sa ceinture)... jusqu'à trois heures... Il faut vous laisser vous reposer. Allez jouer à la roulette.

— Je ne joue jamais aux jeux de hasard, fit remarquer Sanine.

— Vraiment ? Vous êtes une perfection. Moi non plus, je ne joue pas. C'est bête de jeter de l'argent par les fenêtres, c'est sûr. Allez seulement dans la salle de jeu et observez les physionomies. On en trouve de fort amusantes. Une vieille femme, par exemple, avec une ferronnière et des moustaches, un monstre ! Et un de nos princes, pas mal lui aussi. Une majesté, un nez d'aigle, et quand il joue un thaler, il se signe en cachette sous son gilet. Lisez les revues, promenez-vous, bref, faites ce que bon vous semble... Je vous attends à trois heures... *de pied ferme*. Il faudra déjeuner assez tôt. Ces drôles d'Allemands vont au théâtre à six heures et demie. Elle lui tendit la main. *Sans rancune, n'est-ce pas ?*

— De grâce, Maria Nikolaïevna, pourquoi vous en voudrais-je ?

— Parce que je vous ai fait souffrir. Mais vous ne perdez rien pour attendre, vous allez voir, ajouta-t-elle en clignant les yeux, et toutes ses fossettes apparurent sur ses joues empourprées. Au revoir ! »

Sanine salua et sortit. Il entendit des éclats de rire joyeux, et le miroir, devant lequel il passait à cet instant, lui refléta la scène

---

1. C'est-à-dire par tête de paysan serf appartenant au domaine.
2. En français dans le texte.

suivante : Maria Nikolaïevna avait poussé le fez d'Ippolite Sidorovitch sur les yeux de celui-ci, qui se débattait lamentablement, brassant l'air des deux mains.

XXXVIII

Oh, quel profond soupir de bonheur poussa Sanine dès qu'il fut dans sa chambre ! Maria Nikolaïevna avait vu juste, il devait se reposer de toutes ces nouvelles connaissances, rencontres, conversations, de ces vapeurs grisantes qui s'étaient insinuées dans sa tête, dans son âme, de ce rapprochement inattendu et fâcheux avec une femme qui lui était si étrangère ! Et tout cela à quel moment ? Pratiquement au lendemain du jour où il avait appris que Gemma l'aimait, où il était devenu son fiancé ? Mais c'est un sacrilège ! Mille fois il demandait pardon à sa chaste et pure colombe, bien qu'il ne pût vraiment se sentir coupable de quoi que ce fût ; mille fois il baisa la croix qu'elle lui avait offerte. S'il n'avait pas espéré régler promptement l'affaire qui l'avait amené à Wiesbaden, il serait rentré à fond de train dans son cher Francfort, dans cette chère maison où il se sentait déjà chez lui, pour se jeter aux pieds de la bien-aimée... Mais il n'y avait rien à faire ! Il fallait boire le calice jusqu'à la lie, s'habiller, aller au déjeuner et ensuite au théâtre... Pourvu que demain elle le laisse partir le plus tôt possible !

Autre chose encore le troublait, l'irritait : il pensait à Gemma avec amour, tendresse et vive gratitude, à la vie à deux avec elle, au bonheur qui l'attendait, et pendant ce temps-là cette étrange femme, cette madame Polozova, le poursuivait de ses assiduités... non, ce n'était pas ça, elle *s'offrait* constamment à ses yeux, et lui ne pouvait se défaire de son image, il ne pouvait oublier sa voix, ses propos, il ne pouvait même pas s'empêcher de humer le parfum singulier, délicat, frais et pénétrant, comme celui des lis jaunes, qui émanait de ses habits. Évidemment, cette dame se paie sa tête, elle l'assiège de mille façons avec ses manières patelines... À quoi bon ? Que veut-elle ? Serait-ce le caprice d'une femme riche et gâtée, d'une dépravée, quoi ? Et ce mari ? Quel être ? Quels sont ses rapports avec elle ? Et pourquoi toutes ces questions obsèdent-elles son esprit à lui, Sanine, qui n'a absolument rien à faire de ce M. Polozov, pas plus que de son épouse ? Pourquoi n'arrive-t-il pas à chasser cette image insidieuse alors même qu'il en invoque ardemment une autre, lumineuse et claire comme le jour ? Comment à travers ces traits quasi divins osent apparaître *ceux-là* ? Et ils ne font pas qu'apparaître, ils sourient avec une malice effrontée. Ces yeux gris de rapace, ces fossettes aux joues, ces tresses serpentines, est-ce que tout cela lui colle vraiment à la peau, n'a-t-il donc pas la force de secouer tout cela, ne peut-il s'en débarrasser ?

Des sottises ! Des sottises ! Dès demain il ne restera plus rien de tout ça... Mais va-t-elle le lâcher demain ?

Oui... Il se posait toutes ces questions, et entre-temps l'heure avait passé : il mit son habit noir et après avoir fait un tour dans le parc, il se rendit chez les Polozov.

* *
*

Dans le salon des Polozov il trouva, comme Allemands, un secrétaire d'ambassade, blondinet haut comme une perche, au profil chevalin, avec une raie derrière la tête (c'était inhabituel à cette époque), et... ô prodige !.. von Dönhof, l'officier avec qui il s'était battu quelques jours avant ! Il ne s'attendait nullement à le rencontrer justement ici, et malgré sa surprise, il le salua.

« Vous vous connaissez ? demanda Maria Nikolaïevna, à qui l'embarras de Sanine n'avait pas échappé.

— Oui... j'ai déjà eu l'honneur, dit Dönhof, qui se pencha légèrement du côté de Maria Nikolaïevna et ajouta à mi-voix, avec un sourire : C'est lui... votre compatriote... le Russe...

— Pas possible ! » répliqua-t-elle tout bas.

Elle le menaça du doigt et tout de suite lui dit au revoir, ainsi qu'au grand secrétaire, qui à l'évidence était follement amoureux d'elle, car il restait bouche bée chaque fois qu'il la regardait. Dönhof partit tout de suite, se soumettant aimablement, en ami de la maison qui comprenait à demi-mot ce qu'on attendait de lui ; le secrétaire voulut ergoter, mais elle le congédia sans cérémonie.

« Retournez chez votre souveraine, lui dit-elle (il y avait alors à Wiesbaden une certaine *Principessa di Monaco* qui avait un de ces airs de lorette de bas étage), qu'avez-vous à faire auprès d'une plébéienne comme moi ?

— De grâce, madame, assurait le malheureux secrétaire, toutes les *principesse* du monde... »

Mais elle fut impitoyable, et le secrétaire s'en alla, avec sa raie derrière la tête.

Ce jour-là, Maria Nikolaïevna avait mis ses plus beaux atours, tout à fait à son « avantage », comme disaient nos grands-mères. Elle portait une robe rose de soie glacée, avec des manches « à la Fontanges[1] » et un gros diamant à chaque oreille. L'éclat de ses yeux valait bien celui des gemmes : elle était dans une forme éblouissante.

Elle fit asseoir Sanine près d'elle et se mit à lui parler de Paris où ils devaient aller d'ici quelques jours, des Allemands qui l'ennuyaient, sots quand ils font de l'esprit, et si peu spirituels quand ils font des sottises ; puis, tout à coup, à « brûle-pourpoint[1] », elle lui demanda s'il était vrai qu'il venait de se battre avec cet officier pour une dame ?

« Comment savez-vous ça ? bredouilla-t-il surpris.

— La terre est petite, Dmitri Pavlovitch. À propos, je sais que vous aviez raison, mille fois raison, et que vous vous êtes conduit en chevalier. Dites-moi, cette dame était votre fiancée ? »

Sanine fronça un peu les sourcils...

« Bon, laissons tomber, dit-elle hâtivement. Cela vous est désagréable, excusez-moi ! Ne m'en veuillez pas ! »

D'une pièce voisine apparut Polozov, une feuille de journal à la main.

« Qu'est-ce que tu veux ? Le déjeuner est prêt ?

— On le sert tout de suite, mais regarde ce que j'ai lu dans *L'Abeille du Nord*... Le prince Gromoboï est mort. »

Maria Nikolaïevna releva la tête.

« Ah, que Dieu ait son âme ! Chaque année, dit-elle à Sanine, en février, pour mon anniversaire, il inondait toutes mes pièces de camélias. Mais cela ne suffit pas pour qu'on passe l'hiver à Saint-Pétersbourg. Il devait avoir plus de soixante-dix ans ? demanda-t-elle à son mari.

— Oui. On décrit ses obsèques dans le journal. En présence de toute la cour. Il y a aussi un poème de circonstance du prince Kovrijkine.

— Eh bien, c'est parfait.

— Tu veux que je te le lise ? Le prince l'appelle l'homme de bon conseil.

— Non, je n'ai pas envie. L'homme de bon conseil ! Il était simplement l'homme de Tatiana Iourévna. Allons déjeuner. Les vivants avec les vivants. Dmitri Pavlovitch, votre bras. »

* *
*

1. En français dans le texte.

Comme la veille, le déjeuner fut excellent et très animé. Maria Nikolaïevna savait raconter... talent rare chez une femme, à plus forte raison une Russe ! Elle avait son franc-parler ; les femmes russes étaient particulièrement malmenées. À plusieurs reprises Sanine éclata de rire à cause de telle ou telle petite pointe bien acérée. Par-dessus tout Maria Nikolaïevna avait horreur de l'hypocrisie, des phrases et du mensonge... Elle en trouvait presque partout. Elle semblait tirer gloire du milieu très bas où elle avait commencé sa vie ; elle rapportait d'étranges anecdotes sur sa famille et son enfance ; elle se nommait la « femme en sabots », tout comme Natalia Kirillovna Narychkina[1]. Sanine trouva qu'elle avait vécu beaucoup plus de choses que les femmes de son âge.

Polozov, de son côté, mangeait intelligemment, buvait avec attention et il regardait de temps en temps tour à tour sa femme et Sanine de ses yeux blanchâtres, aveugles en apparence, mais en réalité fort clairvoyants.

« Quel brave petit ! s'exclama Maria Nikolaïevna à l'adresse de son mari ! Comme tu as bien fait mes commissions à Francfort ! Je devrais t'embrasser sur ton petit front, mais tu ne cours pas après ça.

— Non », répondit-il, tout en découpant un ananas avec un couteau d'argent.

Elle le considéra un instant en tambourinant de ses doigts sur la table.

« Notre pari, ça tient ? dit-elle d'un air significatif.

— Ça tient.

— Entendu. Tu perdras. »

Polozov pointa le menton en avant.

« Eh bien, ce coup-ci, Maria Nikolaïevna, si sûre sois-tu, c'est toi qui vas perdre, je pense.

— Quel pari ? Peut-on le savoir ? demanda Sanine.

— Non... Pas maintenant », répondit Maria Nikolaïevna qui éclata de rire.

Sept heures sonnèrent. Le garçon annonça la voiture. Polozov accompagna sa femme et revint à son fauteuil en traînant les pieds.

« Attention ! N'oublie pas la lettre à l'intendant ! lui cria-t-elle depuis l'entrée.

— Je l'écrirai, ne t'en fais pas. Je suis un homme ponctuel. »

---

1. D'extraction modeste, tsarine sous Alexéï Mikhaïlovitch, mère de Pierre le Grand.

XXXIX

En 1840, le théâtre de Wiesbaden avait piètre apparence ; quant à la troupe, son épouvantable médiocrité et sa déclamation pompeuse, son cabotinage laborieux et vulgaire ne l'élevaient pas d'un cheveu au-dessus du niveau considéré jusqu'à maintenant comme normal pour tous les théâtres allemands et dont le sommet était représenté ces derniers temps par la troupe de Karlsruhe, sous l'« éminente » direction de M. Devrient. Derrière la loge prise pour « Son Excellence madame von Polozoff » (Dieu sait comment le garçon l'obtint ; il n'avait quand même pas soudoyé le Stadtdirektor !), derrière cette loge se trouvait un petit salon meublé de divans ; avant d'y entrer, Maria Nikolaïevna demanda à Sanine de mettre les écrans séparant la loge du théâtre.

« Je ne veux pas qu'on me voie, dit-elle, sinon ça va être la ruée. »

Elle l'assit à côté d'elle, le dos à la salle, de telle façon que la loge parût vide.

L'orchestre joua l'ouverture des *Noces de Figaro*... Le rideau se leva et la pièce commença.

C'était une de ces innombrables œuvres frustes d'auteurs cultivés, mais nuls, qui dans une langue choisie, mais morte, s'appliquent, mais gauchement, à faire passer quelque idée « profonde » ou « d'actualité », en présentant un conflit présumé tragique qui répandait un ennui... asiatique, aussi asiatique que le choléra. Maria Nikolaïevna écouta patiemment une moitié de l'acte, mais quand le jeune premier, qui avait appris la trahison de sa bien-aimée (il était habillé d'une redingote marron à manches bouffantes et à col plissé, d'un gilet rayé avec des boutons de nacre, des pantalons verts avec des sous-pieds de cuir verni, et de gants de daim blanc), quand le jeune premier, les poings sur la poitrine et les coudes en avant formant un angle aigu, poussa un hurlement de chien, Maria Nikolaïevna n'y tint plus.

« Le dernier des acteurs français dans la dernière des petites villes provinciales joue avec plus de naturel que la première des étoiles allemandes, cria-t-elle indignée, avant de s'asseoir dans la pièce contiguë. Venez ici, dit-elle à Sanine en tapant du doigt sur le divan. Allez, bavardons. »

Sanine obéit.

Maria Nikolaïevna le regarda.

« Vous, je vois, vous ne bronchez pas ! Votre femme aura la vie facile avec vous. Ce bouffon, continua-t-elle en désignant de son éventail l'acteur hurlant (il tenait le rôle du précepteur), m'a rappelé mon enfance : moi aussi j'ai été amoureuse d'un maître. Ç'a été ma première... non, ma deuxième passion. D'abord j'ai été amoureuse d'un frère servant du monastère Donskoï. J'avais douze ans. Je ne le voyais que le dimanche. Il portait une soutane de velours, se parfumait à l'eau de lavande, s'avançait dans la foule avec un encensoir, parlait aux dames en français : « pardonn, excuiousez » ; jamais il n'élevait le regard, et il avait des cils comme ça ! Elle mesurait de l'ongle du pouce une moitié de son petit doigt et le montrait à Sanine. On appelait mon maître « monsieur Gaston » ! Il faut dire que c'était un homme terriblement savant et sévère, un Suisse, avec un de ces visages énergiques ! Des favoris noirs comme du goudron, un profil grec, et des lèvres comme coulées dans le métal ! J'avais peur de lui ! De toute ma vie, je n'ai eu peur que de ce seul homme. Il était le précepteur de mon frère, qui par la suite mourut... noyé. Une Tsigane m'avait prédit à moi aussi une mort violente, mais ce sont des bêtises. Je n'y crois pas. Vous vous imaginez Ippolite Sidorovitch avec un poignard ?

— On peut mourir sans que ce soit d'un poignard.

— Des bêtises ! Êtes-vous superstitieux ? Moi pas du tout. Ce qui doit être sera. Monsieur Gaston vivait chez nous, au-dessus de ma chambre. Parfois, je me réveillais la nuit et j'entendais ses pas (il se couchait très tard), et mon cœur mourait d'adoration... ou d'un autre sentiment. Mon père était pratiquement illettré, mais il a su nous donner une bonne éducation. Savez-vous que je comprends le latin ?

— Vous ? Le latin ?

— Oui, moi. Monsieur Gaston me l'a appris. Avec lui j'ai lu l'*Énéide*. Une œuvre ennuyeuse, mais avec de beaux passages. Souvenez-vous, quand Didon est dans le bois avec Énée...

— Oui, oui, je m'en souviens », dit Sanine hâtivement.

Il y avait belle lurette qu'il avait oublié tout son latin et de l'*Énéide* il n'avait qu'une vague idée.

Selon son habitude, Maria Nikolaïevna le regarda un peu de côté, un peu en dessous.

« Ne pensez surtout pas que je sois très savante. Ah, mon Dieu, non, je ne suis pas savante et je n'ai aucun talent. J'ai du mal à écrire, c'est sûr ; je ne sais pas lire à haute voix, ni jouer du piano, ni dessiner, ni coudre, rien ! Voilà celle que je suis, rien de plus ! »

Elle écarta les bras.

« Je vous raconte tout cela, premièrement, pour ne pas entendre ces idiots (elle montrait la scène où à cet instant une actrice hurlait à son tour, elle aussi les coudes en avant), et deuxièmement, parce que j'ai une dette envers vous : hier vous m'avez parlé de vous.

— Vous avez eu l'amabilité de me poser des questions. »

Elle se retourna brusquement vers lui.

« Et vous, vous ne tenez pas à savoir quelle femme je suis réellement ? Au fait, ça ne m'étonne pas, ajouta-t-elle en se laissant retomber sur les coussins du divan. Voilà un homme qui va se marier, par amour encore, après un duel, qui plus est... Comment aurait-il d'autres idées en tête ? »

Maria Nikolaïevna se mit à penser, tout en mordillant la poignée de son éventail de ses dents grandes, mais bien alignées et blanches comme du lait.

Sanine sentit monter en lui l'ivresse dont il n'avait pu se défaire depuis deux jours.

Leur conversation se faisait à mi-voix, c'était presque un murmure, et cela l'excitait et l'émouvait davantage...

Quand tout cela se terminera-t-il ?

Les faibles ne terminent jamais eux-mêmes, ils attendent la fin.

Sur la scène quelqu'un éternua ; c'était prévu par l'auteur comme seul et unique « moment » ou « élément comique » dans la pièce : les spectateurs s'en contentaient et riaient.

Ces rires aussi irritaient Sanine.

Par instants il se demandait vraiment s'il était fâché ou joyeux, s'il s'ennuyait ou s'amusait.

Ah, si Gemma l'avait vu !

* *
*

« C'est étrange, en vérité, dit subitement Maria Nikolaïevna. On vous annonce le plus tranquillement du monde : « J'ai l'intention de me marier », mais personne ne va vous dire aussi tranquillement : « J'ai l'intention de me jeter à l'eau. » Or, où est la différence ? C'est bizarre, n'est-ce pas ? »

Sanine se sentit agacé.

« La différence est grande, Maria Nikolaïevna ! Certains n'ont pas du tout peur de se jeter à l'eau : ils savent nager ; mais en plus... pour ce qui est de l'étrangeté des mariages... parlons-en... »

Il se tut soudain et se mordit la langue.

Maria Nikolaïevna se donna un coup d'éventail dans une main.

« Achevez votre phrase, Dmitri Pavlovitch, achevez-la, je sais ce que vous vouliez dire : « Parlons-en, chère madame Maria Nikolaïevna Polozova, il n'y a pas plus étrange au monde que *votre* mariage... car je connais bien votre époux, depuis l'enfance ! » Voilà ce que vous vouliez dire, vous qui savez nager !

— Permettez...

— N'est-ce pas vrai ? N'est-ce pas vrai ? dit-elle avec insistance. Regardez-moi en face et dites que je n'ai pas dit vrai ! »

Sanine ne savait où se fourrer.

« Soit, vous avez dit vrai, puisque vous y tenez absolument. »

Maria Nikolaïevna hocha la tête.

« Bon... bon. Vous êtes-vous demandé, vous qui savez nager, comment expliquer cet acte si... étrange de la part d'une femme qui n'est ni pauvre... ni idiote... ni laide ? Cela ne vous intéresse pas peut-être ; c'est sans importance. Je ne vous en dirai pas la raison maintenant, mais après l'entracte. Je crains toujours qu'on n'entre ici... »

Elle avait à peine dit cela que la porte de la loge s'entrouvrit sur une trogne rouge, graisseuse et moite de sueur, encore jeune, mais déjà édentée, de longs cheveux raides, un nez pendant, d'énormes oreilles de chauve-souris, des lunettes dorées sur de petits yeux scrutateurs et vides, et un pince-nez par-dessus ses lunettes. La trogne regarda tout autour, aperçut Maria Nikolaïevna, fit un large sourire fielleux et un signe de tête... Un cou décharné s'allongea et la suivit...

Maria Nikolaïevna le chassa avec un mouchoir.

« Je ne suis pas là ! *Ich bin nicht zu Hause, Herr P... ! Ich bin nicht zu Hause... Pcht... pcht*[1] *!* »

La trogne surprise eut un rire forcé, prononça dans un sanglot à la façon de Liszt, aux pieds duquel elle avait naguère rampé : « *Sehr gut ! Sehr gut !* », et disparut.

« Qui est ce type ?

— Lui ? Le critique de Wiesbaden. Écrivassier ou larbin de louage, comme vous voudrez. Il est à la solde du directeur, il doit donc tout vanter et s'extasier devant tout ; il est plein de méchante bile qu'il n'arrive même pas à déverser. J'ai bien peur que ce can-

1. « Je ne suis pas à la maison, monsieur P. »

canier de première aille vite raconter que je suis au théâtre. Bof, ça m'est égal. »

Après une valse jouée par l'orchestre, le rideau se releva...

Sur la scène minauderies et jérémiades recommencèrent.

« Alors, monsieur, reprit-elle en se remettant à l'aise sur le divan, vous êtes donc pris au piège et devez rester assis avec moi au lieu de jouir de la présence de votre fiancée... ne roulez pas les yeux et ne vous mettez pas en colère. Je vous comprends et j'ai déjà promis de vous lâcher aux quatre vents, mais écoutez maintenant ma confession. Voulez-vous savoir ce que j'aime par-dessus tout ?

— La liberté », souffla Sanine.

Maria Nikolaïevna posa une main sur la sienne.

« Oui, Dmitri Pavlovitch, dit-elle d'une voix qui avait une résonance singulière, un accent évident de sincérité et de gravité ; oui, la liberté plus que tout et avant tout. Ne vous imaginez pas que j'en tire gloriole – il n'y a là rien de glorieux –, c'est *ainsi*, ç'a toujours été et sera toujours *ainsi* pour moi, jusqu'à ma mort. Dès l'enfance j'ai eu mon lot d'esclavage et j'en ai souffert plus que de raison. Puis, c'est monsieur Gaston, mon précepteur, qui m'a ouvert les yeux. Maintenant, comprendrez-vous peut-être pourquoi j'ai épousé Ippolite Sidorovitch ; avec lui, je suis libre, tout à fait libre comme l'air, comme le vent... Et ça, je le savais avant mes noces, je savais qu'avec lui je serais « un cosaque libre[1] » !

Maria Nikolaïevna se tut un moment et jeta son éventail.

« J'ajoute ceci : je ne demande pas mieux que de réfléchir... c'est amusant, et pour ça l'esprit nous a été donné ; mais je ne réfléchis jamais aux conséquences de ce que je fais, et quand il faut, je ne me ménage pas, *pas le moins du monde*, car ça n'en vaut pas la peine. J'ai une maxime : *Cela ne tire pas à conséquence*[2], je ne sais comment dire en russe. Et c'est bien vrai : qu'est-ce qui « tire à conséquence » ? On ne me demandera pas des comptes *ici*, en ce bas monde, mais là-haut (du doigt elle montra le ciel), et là-haut on s'arrangera comme on pourra. Quand on me jugera *là-haut*, ce ne sera plus moi ! Vous m'écoutez ? Je ne vous ennuie pas ? »

Sanine était assis, penché en avant. Il releva la tête.

« Maria Nikolaïevna, je ne m'ennuie pas du tout, je vous écoute avec intérêt. Seulement... je l'avoue... je me demande pourquoi vous me dites tout cela. »

---

1. Autrefois nomades guerriers, les cosaques se fixèrent en colonies militarisées dans le sud-est de la Russie, conservant quelques franchises, mais aussi l'obligation de rejoindre les théâtres d'opérations.
2. En français dans le texte.

Elle se rapprocha légèrement de lui sur le divan.

« Vous vous le demandez... Seriez-vous si peu perspicace ? Ou tellement modeste ? »

Sanine leva la tête encore plus haut.

« Je vous dis tout cela, poursuivit-elle d'un ton qui, cependant, ne collait pas tout à fait à l'expression de son visage, parce que vous me plaisez beaucoup ; oui, vous êtes surpris, mais je ne plaisante pas ; après cette rencontre avec vous il me serait désagréable de penser que vous conserverez de moi un souvenir mauvais... ou même pas mauvais, ça m'est égal, mais faux. Voilà pourquoi je vous ai attiré ici, je suis seule avec vous et vous parle sincèrement... Oui, oui, sincèrement. Je ne mens pas. Notez bien, Dmitri Pavlovitch, je sais que vous êtes amoureux d'une autre, que vous vous apprêtez à épouser... Rendez hommage à mon détachement ! Tenez, voici l'occasion de reprendre à votre compte l'expression : cela ne tire pas à conséquence ! »

Elle partit à rire, mais soudain se figea ; elle resta immobile, comme si ses propres paroles l'avaient touchée au plus profond, et dans ses yeux, d'habitude si gais et hardis, passa une sorte de timidité, une sorte de tristesse même.

« Un serpent ! Ah, c'est un serpent ! pensait Sanine. Mais qu'il est beau ! »

« Passez-moi ma lorgnette, dit-elle brusquement. Je veux voir si cette jeune première est vraiment si laide. C'est à croire que le gouvernement l'a expédiée ici à des fins morales, pour que les jeunes gens ne se dissipent pas trop. »

Sanine la lui tendit, et en la prenant, de ses deux mains elle saisit rapidement la sienne.

« Ne soyez pas si sérieux, lui murmura-t-elle en souriant. Vous savez, il est impossible de me mettre des chaînes, et moi non plus je n'en mets à personne. J'aime la liberté et je ne me reconnais aucune obligation, pas seulement pour moi. Maintenant poussez-vous un peu et regardons ensemble la pièce. »

Maria Nikolaïevna pointa la lorgnette sur la scène ; Sanine se mit à regarder dans la même direction, assis à côté d'elle, dans la pénombre de la loge, respirant malgré lui la chaleur et le parfum de son corps divin, et malgré lui ressassant tout ce qu'elle lui avait dit au cours de la soirée, particulièrement dans les dernières minutes.

XL

La pièce dura encore plus d'une heure, mais Maria Nikolaïevna et Sanine bientôt ne regardèrent plus la scène. La conversation reprit entre eux et s'engagea dans une autre voie ; seulement, cette fois, Sanine se taisait moins souvent. Intérieurement il s'en voulait, à lui-même et il en voulait à Maria Nikolaïevna ; il cherchait à lui démontrer l'inconsistance de sa « théorie », comme si elle était femme à se soucier de théories ! Il commença de discuter avec elle, ce qui fit grand plaisir à Maria Nikolaïevna, car elle se disait : s'il discute, c'est qu'il cède ou va céder ; il a mordu à l'appât, il lâche, il ne fait plus le farouche ! Elle contestait, riait, accordait, réfléchissait, attaquait... et pendant ce temps-là leurs visages se rapprochaient, il ne détournait plus ses yeux des siens... Le regard de Maria Nikolaïevna semblait errer sur le visage de Sanine, caresser ses traits, et il lui répondait par des sourires certes respectueux, mais des sourires quand même. Il se lançait dans des abstractions, dissertait sur l'honnêteté des rapports réciproques, le devoir, le caractère sacré de l'amour et du mariage... On sait ce que c'est : ces abstractions sont bien bonnes pour un début... un point de départ...

Les gens qui connaissaient bien Maria Nikolaïevna prétendaient que, quand sa forte et solide nature laissait paraître un air de tendresse et d'humilité, de pudeur quasi virginale – d'où pouvait-elle bien le tirer ? –, alors, oui alors, l'affaire prenait un tour dangereux.

Donc pour Sanine aussi... Il se serait méprisé lui-même s'il avait pu se concentrer une seconde ; mais il n'arrivait ni à se concentrer ni à se mépriser.

Elle, en revanche, ne perdait pas de temps. Et tout cela du fait qu'il n'était pas vilain garçon ! Va-t'en savoir si c'est pour le meilleur ou pour le pire ?

Le spectacle était fini. Elle demanda à Sanine de lui mettre son châle et se tint immobile tandis qu'il couvrait ses épaules vraiment sublimes. Puis elle lui prit le bras, sortit dans le corridor et faillit pousser un cri : comme un fantôme, Dönhof était planté là, à la porte même de la loge ; derrière son dos on apercevait la silhouette hideuse du critique wiesbadenois. La face graisseuse du « littérateur » rayonnait de joie méchante.

« Dois-je, madame, appeler votre voiture ? demanda le jeune officier avec un tremblement de rage mal contenue dans la voix.

— Non, je vous remercie, mon laquais s'en charge. Restez ici ! » ajouta-t-elle d'un ton sans réplique.

Elle s'éloigna rapidement, tirant Sanine à sa suite.

« Allez au diable ! Vous êtes pendu à mes basques ! » vociféra Dönhof contre l'écrivassier. Il avait besoin de déverser sa colère sur quelqu'un !

« *Sehr gut ! Sehr gut !* » grogna celui-ci en prenant la tangente.

Le laquais, qui attendait dans le vestibule, fit immédiatement avancer la voiture ; Maria Nikolaïevna monta prestement, Sanine y bondit aussi. Les portières claquèrent et Maria Nikolaïevna éclata de rire.

« Qu'est-ce qui vous fait rire ? s'intéressa Sanine.

— Ah, excusez-moi, s'il vous plaît... Je vous imaginais, Dönhof et vous, en train de vous battre au pistolet... pour moi... Magnifique, vous ne trouvez pas ?

— C'est un de vos intimes ?

— Lui, ce gamin ? Je le mène par le bout du nez, ne vous inquiétez pas !

— Mais je ne m'inquiète nullement. »

Maria Nikolaïevna poussa un soupir.

« Eh oui ! Je sais que vous ne vous inquiétez pas. Écoutez ceci : vous, si gentil, vous ne resterez pas insensible à ma dernière prière. Ne l'oubliez pas, dans trois jours je pars pour Paris, et vous, vous rentrez à Francfort... Dieu sait quand nous nous reverrons !

— Quelle est cette prière ?

— Vous savez monter à cheval, bien sûr ?

— Certes.

— Alors voilà. Demain matin je vous emmène dans la campagne. Nous aurons d'excellents chevaux. Puis nous reviendrons, nous bouclerons notre affaire, et basta. Ne soyez pas surpris, ne me dites pas que c'est un caprice, que je suis folle – ça se peut –, dites seulement : je suis d'accord ! »

Elle tourna son visage vers lui. Il faisait noir dans la voiture, mais ses yeux brillaient dans l'obscurité.

« Soit, j'accepte, dit-il dans un soupir.

— Ah ! Vous avez soupiré ! s'exclama-t-elle en le singeant. Le vin est tiré, il faut le boire, c'est le cas de le dire. Mais non, laissons ça... Vous êtes charmant, vous êtes gentil, et je tiendrai ma promesse. Voici ma main, sans gant, la droite, celle des affaires. Prenez-la et fiez-vous à sa poigne. Quelle femme je suis, je l'ignore, mais je suis honnête et avec moi on peut traiter des affaires. »

Sans bien savoir ce qu'il faisait, Sanine porta cette main à ses lèvres. Maria Nikolaïevna la prit doucement et se tut, garda le silence jusqu'à l'arrêt de la voiture.

Elle commença d'en descendre... Qu'était-ce ? Une simple impression, ou avait-il à coup sûr senti sur sa joue un frôlement rapide et brûlant ?

« À demain ! » lui murmura-t-elle, éclairée dans l'escalier par les quatre bougies du candélabre qu'avait saisi à son arrivée le portier galonné d'or. Elle tenait les yeux baissés. « À demain ! »

Sanine trouva sur le bureau de sa chambre une lettre de Gemma. Sur le coup il eut un moment de peur, suivi tout de suite par de la joie pour au plus vite masquer son effroi. Elle ne contenait que quelques lignes. Elle se réjouissait de l'heureux « début de l'affaire », lui conseillait la patience et ajoutait qu'à la maison tous allaient bien et attendaient son retour. Sanine trouva la lettre passablement sèche ; il prit cependant une plume, du papier... et reposa le tout. « À quoi bon écrire ? Je reviens demain... il est temps, il est grand temps ! »

Il se coucha tout de suite et essaya de s'endormir. S'il était resté debout, il aurait certainement pensé à Gemma, mais en quelque sorte, il avait... honte de penser à elle. Il n'avait pas la conscience en paix. Toutefois il se calmait à l'idée que demain tout serait à jamais fini, il quitterait pour toujours cette excentrique, et il oublierait toutes ces bêtises !..

Les faibles, quand ils se parlent à eux-mêmes, usent volontiers d'expressions énergiques.

« Et puis... cela ne tire pas à conséquence ! »

XLI

Voilà ce qu'il pensait en se mettant au lit. Mais que pensa Sanine le lendemain, au moment où Maria Nikolaïevna impatiente tapait à sa porte avec le manche en corail d'une cravache, quand il l'aperçut sur le seuil de sa chambre, tenant à la main la traîne bleu foncé de son habit d'amazone, un petit chapeau d'homme sur ses épaisses nattes, le voile rejeté sur l'épaule, un sourire provocant aux lèvres, dans les yeux, sur tout le visage ? Ce qu'il pensa alors, l'histoire ne le dit pas.

« Eh bien, êtes-vous prêt ? » dit-elle d'une voix gaie.

Sanine boutonna sa redingote et prit son chapeau en silence.

Elle lui lança un regard clair, fit un signe de tête et descendit l'escalier en trombe. Il courut à sa suite.

Les chevaux attendaient devant l'entrée. Il y en avait trois : d'abord, un alezan doré, jument pur-sang au chanfrein sec, montrant légèrement les dents, des yeux noirs saillants, des pattes de cerf, un peu maigre, mais belle et vive comme la flamme, pour Maria Nikolaïevna ; le deuxième, un étalon puissant, large, assez lourd, moreau, sans étoile au front, pour Sanine ; le troisième animal était destiné au groom. Maria Nikolaïevna se mit adroitement en selle sur la jument... Celle-ci écrasa le sol de ses sabots et tournoya, la queue relevée et la croupe en l'air, mais Maria Nikolaïevna, excellente cavalière, sut la retenir : il fallait dire au revoir à Polozov qui, avec son inévitable fez et sa robe de chambre déboutonnée, était apparu au balcon et de là faisait des signes avec un mouchoir de batiste, mais sans le moindre sourire ; il s'était renfrogné, au contraire. Sanine enfourcha aussi sa monture ; de sa cravache Maria Nikolaïevna rendit son salut à Polozov, puis elle en frappa le col élancé et plat de la jument ; celle-ci se cabra, sauta en avant et prit ensuite un pas mesuré, frémissant de toutes ses fibres, rongeant son frein, mordant l'air et soufflant fortement. Sanine était derrière et regardait Maria Nikolaïevna ; sa taille mince et souple, qu'un corset prenait étroitement, mais sans la contraindre, oscillait souveraine, agile et harmonieuse. Elle se retourna et l'appela simplement des yeux. Il la rejoignit.

« Vous voyez comme c'est bien, lui dit-elle. Je vous le dis pour la dernière fois, avant la séparation : vous êtes charmant et vous n'aurez pas à le regretter. »

Ayant prononcé ces mots, elle hocha la tête plusieurs fois en signe de confirmation et comme pour lui en faire sentir l'importance.

Elle semblait tellement heureuse que Sanine en fut étonné ; elle prit même l'air grave des enfants quand ils sont très, très contents.

Ils allèrent au pas jusqu'à la proche barrière d'octroi et s'élancèrent alors au grand trot sur la route. Le temps était merveilleux, vraiment estival ; le vent venait à leur rencontre, bruissait agréablement et sifflait à leurs oreilles. Ils se sentaient bien, emportés par l'élan d'une vie jeune et saine, par une poussée libre et impétueuse en avant, et cette sensation s'amplifiait d'instant en instant.

Maria Nikolaïevna arrêta court son cheval et reprit le pas ; Sanine fit de même.

« Tenez, commença-t-elle avec un profond soupir de félicité, rien que pour ça la vie vaut la peine d'être vécue. Tu as réussi à faire ce que tu voulais, ce qui paraissait impossible, alors jouis-en jusque-là (elle accompagna ces mots d'un geste de la main sur son cou). Comme l'homme alors se sent bon ! Comme je suis bonne... moi maintenant ! J'ai l'impression d'avoir embrassé l'univers entier. En fait non, pas l'univers entier !.. Celui-là, je ne l'aurais pas pris dans mes bras (elle montra de sa cravache un vieillard misérable qui passait à côté d'eux). Mais je suis prête à le rendre heureux. Tenez, prenez, cria-t-elle en allemand, et elle lança à ses pieds une bourse. Le petit sac bien rempli (en ces temps on ne connaissait pas le porte-monnaie) résonna sur la route. Le passant stupéfait s'arrêta, mais Maria Nikolaïevna éclata de rire et lança son cheval au galop.

« C'est une telle joie pour vous d'aller à cheval ? demanda Sanine qui l'avait rattrapée »

Maria Nikolaïevna tint de nouveau la bride haute à son cheval, car il n'y avait rien d'autre à faire pour l'arrêter.

« Je voulais seulement échapper à la gratitude. Les remerciements me gâchent le plaisir. En effet, ce que je fais, c'est pour moi que je le fais. Comment oserait-il me remercier ? Je n'ai pas entendu ce que vous m'avez demandé.

— Je vous demandais... je voulais savoir pourquoi vous êtes si gaie aujourd'hui ?

— Vous savez quoi, dit Maria Nikolaïevna qui n'avait toujours pas compris Sanine, ou bien qui n'avait pas jugé bon de répondre à sa question. Ce groom, qui est planté derrière nous et qui ne pense sans doute qu'au moment où les maîtres rentreront chez eux, m'ennuie affreusement. Comment se débarrasser de lui ? Elle tira vivement de sa poche un calepin. L'envoyer porter une lettre en ville ? Non... ça ne va pas. Ah voilà ! Qu'est-ce que c'est là devant ? Un cabaret ? »

Sanine regarda dans la direction qu'elle indiquait.

« Oui, un cabaret, semble-t-il.

— Parfait. Je vais lui ordonner d'y rester et de boire de la bière en attendant notre retour.

— Mais que va-t-il penser ?

— On s'en fiche pas mal ! D'ailleurs, il ne pensera pas, il boira de la bière, et c'est tout. Eh bien, Sanine (pour la première fois elle l'appelait par son seul nom de famille), en avant, au trot ! »

Arrivée près du cabaret, elle appela le groom et lui fit savoir ce qu'elle attendait de lui. L'homme, d'origine et de tempérament anglais, porta silencieusement sa main à la casquette, sauta de cheval et le conduisit par la bride.

« Nous voici libres comme l'air, s'écria-t-elle. Où aller ? Nord, sud, est, ouest ? Regardez, je suis comme le roi de Hongrie à son couronnement (elle avait indiqué les quatre points cardinaux de la pointe de sa cravache[1]). Tout est à nous ! Mais non, vous voyez là-bas ces superbes montagnes, et cette forêt ! Allons-y, dans les montagnes, dans les montagnes !

In die Berge, wo die Freiheit thront[2] ! »

Elle quitta la chaussée et prit au galop un chemin étroit et défoncé qui semblait, en effet, se diriger vers les montagnes. Sanine la suivit, au galop.

XLII

Bientôt le chemin devint un sentier et finit par disparaître, coupé par un fossé. Sanine conseillait de rebrousser chemin, mais Maria Nikolaïevna dit : « Non ! Je veux les montagnes ! Fonçons tout droit, à vol d'oiseau », et elle fit sauter le fossé à son cheval. Sanine fit de même. Au-delà du fossé commençait la prairie, d'abord sèche, puis humide, puis marécageuse : l'eau sourdait partout, stagnait en flaques. Maria Nikolaïevna y poussait à dessein son cheval, riait à gorge déployée et disait : « Allez, on fait les petits fous ! »

« Savez-vous ce que veut dire chasser au dégel ? » demanda-t-elle.

— Oui, je sais.

— J'avais un oncle qui chassait aux chiens courants. J'allais avec lui, au printemps. C'est merveilleux ! C'est ce que nous sommes en train de faire tous les deux. Seulement je vois une chose : vous êtes un vrai Russe et vous voulez épouser une Italienne. Mais c'est vous que ça regarde. Qu'est-ce que c'est ? Encore un fossé ? Hop là ! »

Le cheval sauta, mais Maria Nikolaïevna perdit son chapeau et ses cheveux lui tombèrent sur les épaules. Sanine voulait descendre de cheval pour le ramasser, mais elle lui cria : « Laissez, je le ferai moi-même » ; elle se pencha très bas sur la selle, accrocha de sa cravache le voile et releva le chapeau qu'elle remit sur sa tête, tout en laissant tomber ses tresses folles, puis elle reprit sa course échevelée, poussant des cris brefs et stridents. À ses côtés galopait Sanine, à ses côtés Sanine sautait rigoles, haies et ruisseaux, disparaissait dans les creux et resurgissait dans les côtes, descendait

1. Le roi, à cheval, montrait de son épée les quatre points cardinaux, s'engageant ainsi à défendre son peuple des ennemis, d'où qu'ils viennent.
2. « Dans les montagnes où règne la liberté. »

les pentes, les remontait, et tout ce temps il regardait son visage. Et quel visage ! Tout en lui semblait s'épanouir : épanouis les yeux avides, limpides, sauvages ; les lèvres, et les narines aussi qui happent l'air goulûment ; elle regarde droit devant elle, fixement ; tout ce qu'elle voit, la terre, le ciel, le soleil et l'air même, cette âme veut s'en rendre maître et ne regrette qu'une chose : il n'y a pas assez de dangers, elle les aurait tous vaincus ! « Sanine, cria-t-elle, c'est comme dans la *Lénore* de Bürger[1] ! Simplement vous n'êtes pas mort, n'est-ce pas ? Vous n'êtes pas mort ? Moi je suis vivante ! » Force et audace se donnaient en elle libre cours. Ce n'était plus l'amazone emballant son coursier, mais la jeune femme-centaure, mi-bête et demi-déesse, et le pays autour qui n'en revient pas, lui si sage et bien rangé, d'être foulé aux pieds par ces énergumènes effrénés !

Maria Nokolaïevna arrêta enfin son cheval écumant et éclaboussé de boue ; il vacillait sous le poids de la cavalière, tandis que l'étalon un peu lourd de Sanine haletait.

« Alors, ça vous plaît ? lui demanda-t-elle dans un murmure prodigieux.

— Oh oui ! » répliqua Sanine enthousiaste.

Le sang commençait à bouillir dans ses veines.

« Attendez, ce n'est pas encore tout ! »

Elle tendit la main. Le gant était déchiré.

« Je vous avais dit que je vous conduirais dans la forêt et les montagnes... Les voici, les montagnes ! »

Effectivement, couvertes d'une haute futaie, elles commençaient à quelque deux cents pas de l'endroit où s'étaient aventurés les audacieux cavaliers.

« Regardez, voilà le chemin. Remettons-nous, et en avant. Au pas seulement. Il faut laisser les chevaux souffler. »

Ils repartirent. D'un geste vigoureux Maria Nikolaïevna rejeta sa chevelure en arrière. Elle regarda ensuite ses gants et elle les enleva.

« Mes mains sentiront le cuir, dit-elle, mais ça ne vous fait rien ? Hein ?.. »

Elle souriait et Sanine aussi souriait. Cette folle chevauchée semblait les avoir définitivement rapprochés et liés.

« Quel âge avez-vous ? demanda-t-elle soudain.

— Vingt-deux ans.

— Pas possible ? Moi aussi. Le bel âge. Si on les additionne, on

1. Célèbre ballade du poète romantique allemand Bürger.

est encore loin de la vieillesse. Mais il fait chaud. Dites, je suis rouge ?

— Comme un coquelicot ! »

Elle s'épongea le visage avec un mouchoir.

« Il faut vite aller jusqu'à la forêt, il fera frais là-bas. Une forêt aussi vieille, c'est comme un vieil ami. Vous avez des amis ? »

Sanine réfléchit un instant.

« J'en ai... mais peu, et de vrais amis aucun.

— Moi j'en ai, des vrais, mais pas des vieux. Le cheval, voilà aussi un ami. Avec quel soin il vous emporte ! Ah, c'est merveilleux ici ! Dire qu'après-demain je pars pour Paris...

— Ah... est-ce possible ?

— Et vous pour Francfort ?

— Pour Francfort absolument.

— Eh bien tant pis ! Par contre, la journée d'aujourd'hui est à nous... à nous... à nous ! »

* *
*

Les chevaux atteignirent la lisière et entrèrent dans la forêt. L'ombre généreuse et délicate les recouvrit de toutes parts.

« Oh, quel paradis ici ! s'exclama Maria Nikolaïevna. Avançons plus profondément dans l'ombre, Sanine ! »

Les chevaux, qui titubaient un peu et s'ébrouaient, pénétrèrent « profondément dans l'ombre ». Soudain le chemin obliqua et déboucha dans une gorge assez étroite. Les effluves de bruyère, de fougère, de résine de pin, de feuillage décomposé de l'an passé s'y concentraient en un parfum puissant et étourdissant. Une vive fraîcheur montait des crevasses des rochers bruns. Des deux côtés du chemin s'élevaient des buttes couvertes de mousse verte.

« Arrêtez-vous ! s'écria Maria Nikolaïevna. Je veux m'asseoir et me reposer sur ce velours. Aidez-moi à descendre. »

Sanine bondit de son cheval et accourut. Elle prit appui sur ses épaules, sauta d'un bond à terre et s'assit sur une des buttes moussues. Il était debout devant elle et tenait dans ses mains les rênes des deux chevaux.

Elle leva son regard vers lui...

« Sanine, vous savez oublier ? »

Il repensa à ce qui s'était passé hier... dans la voiture :

« Est-ce une question... ou un reproche ?

— De ma vie je n'ai fait de reproche à quiconque. Croyez-vous aux philtres ?

— Comment ça ?

— Les philtres, vous savez, dans nos chansons, dans les chants populaires russes.

— Ah oui, je vois ce que vous voulez dire.

— Bon, moi j'y crois... et vous y croirez.

— Les philtres... l'envoûtement... tout est possible sur terre. Avant je n'y croyais pas, mais maintenant si. Je ne me reconnais plus. »

Maria Nikolaïevna réfléchit un moment et se retourna :

« Il me semble que je connais cet endroit. Regardez, Sanine, derrière ce grand chêne, y a-t-il une croix rouge en bois, ou non ? »

Sanine fit quelques pas pour aller voir.

« La croix est là. »

Elle sourit malicieusement.

« C'est bien ! Je sais où nous sommes. Nous ne sommes pas encore perdus. Qu'est-ce qu'on entend ? Un bûcheron ? »

Sanine regarda dans le fourré.

« Oui... il y a un homme qui coupe des branches sèches.

— Il faut que je me coiffe, dit-elle. S'il me voit, il me blâmera. »

Elle ôta son chapeau et entreprit de tresser ses longues nattes, en silence et avec gravité ; Sanine était debout devant elle... Les plis du drap foncé de son habit, où restaient attachés des brins de mousse, épousaient fidèlement les formes gracieuses de ses membres.

Subitement, un des chevaux s'ébroua derrière Sanine qui malgré lui se mit à trembler, de la tête aux pieds. Tout se troublait en lui, ses nerfs étaient tendus comme des cordes. Il n'avait pas dit en vain qu'il ne se reconnaissait plus... Il était réellement envoûté. Tout son être était rempli d'une seule... pensée, d'un seul désir. Maria Nikolaïevna lui lança un regard pénétrant.

« Eh bien, maintenant tout est en place, dit-elle en mettant son chapeau. Vous ne vous asseyez pas ? Ici, tenez ! Non, attendez... ne vous asseyez pas ! Qu'est-ce que c'est ? »

Un coup sourd résonna dans les cimes des arbres, dans l'air de la forêt.

« Le tonnerre ?

— Il semble bien, répondit Sanine.

— Ah, quelle fête ! Quelle fête ! Il ne manquait que cela ! »

Un deuxième grondement sourd se fit entendre, s'éleva et s'abattit en roulement.

« Bravo ! Bis ! Vous vous souvenez, je vous ai parlé hier de l'*Énéide* ? Vous voyez, *eux* aussi ont rencontré l'orage dans une forêt. Mais il faut partir d'ici. »

Elle se releva rapidement.

« Amenez-moi mon cheval... Soutenez-moi de votre main. Comme ça. Je ne suis pas lourde. »

D'un bond elle fut en selle. Sanine aussi.

« Vous voulez rentrer ? demanda-t-il d'une voix mal assurée.

— Rentrer ? répondit-elle lentement en prenant les rênes. Suivez-moi », ordonna-t-elle, presque brutale.

Elle sortit sur le chemin, dépassa la croix rouge, descendit dans un vallon, atteignit un carrefour, tourna à droite, reprit une pente... Manifestement, elle savait où elle allait, et elle s'enfonçait de plus en plus dans la forêt. Elle ne disait rien, ne se retournait pas ; elle avançait en souveraine, et lui la suivait servilement, sans la moindre étincelle de volonté dans son cœur défaillant. Il se mit à pleuvasser. Elle accéléra l'allure de son cheval, il fit de même. Finalement, dans la masse verte et sombre des sapins, à l'abri d'un rocher gris, il aperçut une pauvre cabane de gardien, avec une porte basse dans un mur en clayonnage. Maria Nikolaïevna poussa le cheval à travers les buissons, sauta à terre, se retrouva brusquement sur le seuil de la cabane, se tourna vers Sanine et murmura : « Énée ? »

* *
*

Quatre heures plus tard, Maria Nikolaïevna et Sanine, accompagnés du groom qui somnolait en selle, revinrent à Wiesbaden, à l'hôtel. M. Polozov accueillit son épouse, la lettre pour l'intendant à la main. Cependant, quand il eut examiné sa femme de plus près, il fit la moue et même grommela :

« Aurais-je perdu mon pari ? »

Maria Nikolaïevna se contenta de hausser les épaules.

* *
*

Ce même jour, deux heures plus tard, Sanine dans sa chambre se tenait devant elle, plus mort que vif...

« Où vas-tu donc ? lui demandait-elle. À Paris, ou à Francfort ?

— Je vais là où tu seras, et je serai avec toi tant que tu ne me chasseras pas », répondit-il désespéré et il se jeta aux pieds de sa souveraine, dont il saisit les mains. Elle les dégagea, les lui imposa sur la tête et de ses dix doigts elle prit ses cheveux. Lentement elle faisait glisser et rouler ces mèches soumises, elle s'était redressée de toute sa taille, le triomphe tordait ses lèvres, et ses yeux, larges et clairs jusqu'à la blancheur, n'exprimaient que l'hébétude implacable et la satiété de la victoire. L'autour, quand de ses serres il déchire la proie, a de ces yeux.

XLIII

Tels furent les souvenirs qui revinrent à Sanine lorsque dans la quiétude de son bureau, il trouva parmi les papiers qu'il rangeait la croix de grenats. Il revoyait nettement en pensée la succession des événements que nous venons de relater... Cependant, arrivé à l'instant où il s'était tant abaissé en suppliant Mme Polozova et où il avait succombé à ses pieds, instant qui avait marqué le départ de sa servitude, il se détourna des images qu'il avait évoquées, il ne voulut plus rappeler le passé. Non que la mémoire l'eût trahi, oh que non ! il savait, il savait trop bien ce qui avait suivi cet instant, mais la honte l'étouffait, maintenant encore, tant d'années après ; il redoutait le sentiment de mépris insurmontable qui devait, à n'en point douter, l'envahir et submerger comme une lame de fond toutes les autres émotions, dès lors qu'il ne donnerait plus à sa mémoire l'ordre de se taire. Toutefois, il avait beau fuir devant les souvenirs qui surgissaient, il n'arrivait pas à couvrir entièrement leur rumeur. Il se souvint de la lettre pitoyable, fausse, larmoyante, scélérate, qu'il avait adressée à Gemma et qui était restée sans réponse... Se présenter devant elle, revenir à elle, après cette tromperie, après cette trahison, non ! non ! la conscience et l'honnêteté, le peu qu'il en restait, le lui interdisaient. En outre, il avait perdu toute confiance en lui, toute estime de lui : il n'osait déjà plus répondre de quoi que ce fût. Sanine se souvint d'avoir ensuite – oh honte ! – envoyé le laquais des Polozov prendre ses affaires à Francfort, il se souvint de sa lâcheté, de sa seule obsession : partir au plus vite à Paris, à Paris ; sur l'ordre de Maria Nikolaïevna, il s'était fait complaisant et flagorneur à l'égard d'Ippolite Sidorovitch, aimable avec Dönhof, au doigt duquel il remarqua le même anneau de fer que lui avait donné Maria Nikolaïevna ! Puis vinrent des souvenirs pires encore, plus honteux... Le garçon d'hôtel lui donne une carte de visite, et elle porte le nom de Pantaleone Cippatola, chanteur de la cour de S.A.R. le Duc de Modène ! Il se cache du vieillard, mais ne peut éviter une rencontre dans le corridor, et il voit devant lui le visage irrité sous la houppe blanche qui pointe en l'air ; les yeux usés ardents comme des braises, et il entend des exclamations et des malédictions menaçantes : *Maledizione !* Il entend même des mots terribles : *Codardo ! Infame traditore*[1] *!* »

Sanine cligne les yeux, secoue la tête, se détourne sans cesse, et malgré cela il se voit dans une dormeuse, assis sur l'étroit siège de devant[2]... Maria Nikolaïevna et Ippolite Sidorovitch sont installés sur les confortables banquettes arrière, les quatre chevaux de l'attelage trottent en bonne harmonie sur le pavé de Wiesbaden, vers Paris ! vers Paris ! Ippolite Sidorovitch mange une poire qu'il lui a pelée, lui Sanine, et Maria Nikolaïevna le regarde et affiche ce rire moqueur bien connu de lui, l'homme serf, le rire du propriétaire, du seigneur...

Mais, grand Dieu, là-bas au coin de la rue, non loin de la sortie de la ville, n'est-ce pas Pantaleone de nouveau et qui l'accompagne ? Serait-ce Emilio ? Oui, c'est lui, le gamin passionné, fidèle ! Il n'y a pas longtemps, ce cœur juvénile adorait encore son héros, son idéal, mais aujourd'hui son visage blême, si beau que Maria Nikolaïevna le remarqua et se pencha par la fenêtre de la portière, ce noble visage est bouffi de rage et de mépris ; ses yeux, si ressemblants aux *siens* percent Sanine, et ses lèvres qui se serrent... et s'ouvrent soudain sur une insulte...

Pantaleone tend le bras et montre Sanine, à qui ? à Tartaglia qui est avec eux, et Tartaglia aboie après Sanine, et l'aboiement du brave chien vaut une atroce injure... Que c'est laid !

Et puis là-bas, la vie à Paris, avec toutes les humiliations, les sordides blessures infligées à l'esclave qui ne peut ni être jaloux ni se plaindre et que l'on jette à la fin comme une vieille loque...

Ensuite, le retour au pays, la vie empoisonnée, ruinée, l'agitation mesquine, les tracas mesquins, les remords amers et stériles, et l'oubli tout aussi stérile et amer – un châtiment caché, mais présent à chaque instant et sans relâche, comme une douleur sans gravité,

---

1. « Couard ! Traître infame ! »
2. La « dormeuse » est une voiture confortable où l'on peut s'allonger ; le siège avant était celui du domestique.

mais toujours béante, le remboursement kopeck par kopeck d'une dette qui n'en finit pas de tendre la main...

La coupe est pleine... Assez !

* *
*

Par quel hasard la petite croix offerte à Sanine par Gemma avait-elle survécu à la tourmente, pourquoi ne l'avait-il pas rendue, pourquoi n'était-il jamais tombé dessus jusqu'à ce jour ? Il resta longtemps, longtemps, à réfléchir et, fort pourtant de tant d'années d'expérience, il n'arrivait toujours pas à comprendre comment il avait pu abandonner Gemma, qu'il aimait d'un amour si tendre et passionné, pour une femme qu'il n'aimait pas du tout ? Le lendemain, il étonna amis et connaissances en leur annonçant son départ pour l'étranger.

La perplexité se répandit dans la société. Sanine quitta Saint-Pétersbourg en plein hiver, alors qu'il venait de louer et de meubler un superbe appartement, et même de s'abonner aux représentations de l'opéra italien avec la participation de Mme Patti, Mme Patti soi-même ! Amis, connaissances, on se perdait en conjectures ; mais ce n'est pas le propre des gens de s'occuper longtemps des affaires d'autrui, et quand Sanine partit pour l'étranger, la seule personne qui vint l'accompagner à la gare était un tailleur français, et encore n'était-ce que dans l'espoir d'être payé « pour un saute-en-barque en velours noir, tout à fait chic [1] ».

XLIV

Sanine avait dit à ses amis qu'il se rendait à l'étranger, sans plus de précision ; les lecteurs devineront sans difficulté qu'il alla tout droit à Francfort. Grâce à l'essor général des chemins de fer il y arriva le quatrième jour après son départ de Saint-Pétersbourg. Il n'y était pas revenu depuis cette même année 1840. L'hôtel du *Cygne-Blanc* était toujours là et prospérait, bien qu'il ne fût plus un établissement de premier rang ; la Zeile, la rue principale de

1. En français dans le texte.

Francfort, avait peu changé, mais il n'y avait plus trace de la maison de Mme Roselli ni même de la rue où se trouvait la confiserie. Sanine erra comme une âme en peine aux endroits qui lui avaient été tant familiers, et il ne reconnut rien : les anciennes constructions avaient disparu et cédé la place à des rues nouvelles, bordées d'énormes maisons, de villas coquettes ; même le jardin public où eut lieu sa dernière explication avec Gemma avait poussé au point que Sanine se demanda si c'était bien ce jardin-là. Que devait-il faire ? Comment et où faire des recherches ? Trente ans s'étaient écoulés... Ce n'était pas une mince affaire ! Les gens interrogés ignoraient jusqu'au nom de Roselli ; le propriétaire de l'hôtel lui conseilla de se renseigner à la bibliothèque publique : là il trouverait tous les anciens journaux, mais l'homme se garda bien de lui expliquer à quoi cela servirait. Sanine, en désespoir de cause, s'enquit de M. Kluber. Le propriétaire le connaissait fort bien, mais cela ne donna rien. L'élégant commis, après avoir fait une carrière retentissante et s'être hissé au rang de capitaliste, connut une mauvaise passe, fit faillite et mourut en prison... Cette nouvelle, il faut le dire, n'affecta nullement Sanine. Il commençait à trouver son idée de voyage un peu irréfléchie... Mais un jour, en consultant un livre d'adresses, il tomba sur le nom de von Dönhof, commandant hors cadres (Major a. D.). Il prit sur-le-champ une voiture et se rendit chez lui, sûr que *ce* Dönhof devait absolument être *son* Dönhof, ou que même *son* Dönhof pouvait lui communiquer quelques renseignements sur la famille Roselli. Peu importe : qui se noie s'accroche à une paille.

Sanine trouva le commandant von Dönhof chez lui et reconnut tout de suite son ancien adversaire dans le monsieur aux cheveux grisonnants qui l'avait accueilli. L'Allemand aussi le reconnut et sembla heureux de le revoir : cela lui rappelait sa jeunesse et les frasques de cet âge. Il apprit à Sanine que la famille Roselli s'était installée depuis très longtemps en Amérique, à New York ; Gemma avait épousé un commerçant ; Dönhof avait parmi ses connaissances également un négociant qui devait connaître l'adresse du mari de Gemma, car il avait beaucoup d'affaires avec l'Amérique. Sanine pria Dönhof de bien vouloir toucher cette personne, et, ô joie ! elle lui communiqua l'adresse : Mr. Jeremie Slocum, New York, Broadway, N° 501. Seulement cette adresse remontait à l'année 1863.

« Espérons, s'exclama Dönhof, que notre ancienne beauté francfortoise est encore en vie et qu'elle n'a pas quitté New York ! À propos, ajouta-t-il en baissant le ton, et cette dame russe qui, vous vous en souvenez, séjournait alors à Wiesbaden, madame von Bo... von Bozoloff, vit-elle encore ?

— Non, elle est morte depuis longtemps. »

Dönhof leva les yeux au ciel, mais quand il eut remarqué que Sanine s'était détourné, la mine défaite, il s'éloigna sans dire un mot.

Le même jour, Sanine envoya une lettre à Mme Gemma Slocum, à New York. Il lui disait qu'il était venu à Francfort uniquement pour rechercher sa trace ; il reconnaissait pleinement qu'il n'avait aucun droit d'exiger une réponse d'elle ; il n'avait en rien mérité son pardon et espérait seulement que grâce à l'ambiance de bonheur dans laquelle elle se trouvait, elle avait oublié depuis longtemps jusqu'à son existence. Il ajoutait que sa décision de se rappeler à elle était liée à une circonstance fortuite qui avait réveillé en lui très fortement les images du passé ; il lui racontait sa vie solitaire, sans famille et sans joie ; il la suppliait de comprendre les raisons qui l'avaient incité à s'adresser à elle, de ne pas le laisser emporter au tombeau le remords cuisant de sa faute expiée, mais non pardonnée, et de le gratifier de quelques mots afin qu'il sût quelle était sa vie dans le Nouveau Monde où elle avait trouvé refuge. « Si vous ne m'écrivez qu'un seul mot – c'était la fin de sa lettre –, vous ferez une bonne action, digne de votre belle âme, et je vous en serai reconnaissant jusqu'à mon dernier souffle. Je suis descendu ici, au *Cygne-Blanc* (il avait souligné ces mots) et j'attendrai ici jusqu'au printemps votre réponse. »

Il expédia la lettre et son attente commença. Il resta six semaines entières à l'hôtel, sans presque sortir de sa chambre et sans voir personne. Personne n'avait à lui écrire ni de Russie ni d'ailleurs, et cela lui convenait ; si une lettre lui arrivait, il saurait tout de suite que c'était *celle* qu'il attendait. Du matin au soir il lisait, non pas des revues, mais des livres sérieux, des ouvrages d'histoire. Ces lectures prolongées, ce silence, cette réclusion, cette vie d'escargot, tout cela s'accordait bien à son état d'âme ; pour cela seulement, merci à Gemma ! Mais était-elle en vie ? Répondrait-elle ?

Enfin une lettre arriva, avec un timbre-poste américain, de New York, à son nom. L'écriture de l'adresse sur l'enveloppe était anglaise... Il ne la connaissait pas et son cœur se serra. Après un temps d'incertitude il se décida à la décacheter. Il regarda vite la signature : Gemma ! Les larmes lui jaillirent des yeux : le simple fait qu'elle avait signé de son prénom, sans nom de famille, était un gage de réconciliation, de pardon ! Il déplia la mince feuille de papier à lettre bleu, une photographie en tomba. Il se hâta de la ramasser... et fut pétrifié : Gemma, Gemma vivante, jeune, telle qu'il la voyait trente ans plus tôt ! Les mêmes yeux, les mêmes lèvres, la même forme de visage ? Au dos de la photographie était écrit : « Ma fille Marianna. » Toute la lettre était tendre et simple. Elle remerciait Sanine de ne pas avoir hésité à se tourner vers elle et d'avoir eu confiance en elle ; elle ne lui cachait pas, cependant, qu'après sa fuite elle avait vécu de durs moments, mais elle ajoutait tout de suite qu'elle considérait, qu'elle avait toujours considéré sa rencontre avec lui comme une chose favorable, car cette rencontre l'avait empêchée de devenir la femme de M. Kluber, et que de cette façon, indirecte certes, elle avait été à l'origine de son union avec son mari actuel, dont elle était depuis vingt-huit ans la compagne heureuse, dans le bien-être et l'abondance : leur maison était connue dans tout New York. Elle avait cinq enfants, quatre fils et une fille de dix-huit ans, fiancée, dont elle lui envoyait la photographie, parce que, de l'avis général, elle ressemblait beaucoup à sa mère. Gemma avait gardé pour la fin les tristes nouvelles. Frau Lenore était morte à New York où elle avait suivi sa fille et son gendre ; heureusement, elle avait eu le temps de jouir du bonheur de ses enfants et de celui d'être grand-mère ; Pantaleone aussi s'était apprêté pour l'Amérique, mais il était mort juste avant son départ de Francfort. « Quant à Emilio, notre cher et incomparable Emilio, il est tombé en héros de la libération de sa patrie, en Sicile, où il s'était rendu avec les fameux « Mille » sous le commandement du grand Garibaldi ; nous avons tous pleuré à chaudes larmes la disparition de notre valeureux frère, mais en versant ces pleurs, nous étions fiers de lui, pour toujours nous serons fiers de lui et garderons pieusement sa mémoire ! Son âme élevée, pleine d'abnégation, est digne de la palme du martyre ! » Ensuite, Gemma exprimait son regret que la vie de Sanine eût pris un cours apparemment si peu favorable ; elle lui souhaitait avant toute chose la paix et le repos de l'âme, puis elle disait qu'elle serait heureuse de le revoir, bien qu'elle n'accordât pas beaucoup de chance à de telles retrouvailles...

Nous n'allons pas décrire les sentiments qu'éprouva Sanine à la lecture de cette lettre. Plus profonds et plus forts, plus imprécis aussi que toute parole, rien ne peut les exprimer. Sauf peut-être la musique.

Sanine répondit sur-le-champ et, en cadeau pour la fiancée, il envoya « À Marianna Slocum, de la part d'un ami inconnu » – la petite croix de grenats montée sur un merveilleux collier de perles. Ce présent, bien que fort précieux, ne le ruina pas : au cours des trente années écoulées depuis son premier séjour à Francfort, il avait réussi à amasser une fortune considérable. Il fut de retour à Saint-Pétersbourg dans les premiers jours de mai, mais pas pour longtemps, sans doute. D'après les rumeurs, il vend tous ses biens et se prépare à partir pour l'Amérique.

Librio
Le livre à 10 F
371

Composé par IGS-CP à Angoulême
Achevé d'imprimer en Europe
à Pössneck (Thuringe, Allemagne)
en mai 2000 pour le compte de E.J.L.
84, rue de Grenelle 75007 Paris
Dépôt légal mai 2000

Diffusion France et étranger : Flammarion